光文社古典新訳文庫

三つの物語

フローベール

谷口亜沙子訳

kobunsha classics

光文社

Title : TROIS CONTES
1877
Author : Gustave Flaubert

目次

三つの物語

素朴なひと

I

半世紀にわたって、ポン＝レヴェックの町の奥さまがたは、オーバン夫人を羨《うらや》んだ。召使いのフェリシテがいたからである。

フェリシテは、年に百フランの報酬で料理と家事のすべてを引き受け、針仕事をし、洗濯をし、アイロンをかけ、馬に轡《くつわ》もつければ、家禽の肥育にも怠りがなく、バターの作り方まで心得ていた。そのうえ、女主人には変わることなく忠実であった——女主人はそれほど感じのよいひとではなかったのだけれど。

オーバン夫人は、財産のない美しい青年と結婚していたが、青年は一八〇九年の初めに死んでしまった。あとには、ふたりの幼な子と多額の借金がのこされた。夫人は、わずかとはいえ五千フランの地代の上がるトゥックとジェフォスの農場を手元に残し、そのほかの不動産をすべて売り払わねばならなかった。そして、サン＝ムレヌ[1]の屋敷を引き払い、卸売市場の裏に位置する、あまり維持費のかからない、先祖代々の持ち家へと移り住むことにしたのだった。

その家の屋根はスレート葺《ぶ》きで、一本のアーケード街と川岸へとおりる路地に挟まれて建っていた。同じ一階でも何か所かに段差があり、人がつまずきやすかった。狭い玄関ホールの両脇に台所と広間があり、オーバン夫人は、広間の窓際に藁《わら》の肘掛け椅子を寄せて、日がな一日過ごすのだった。白い漆喰の壁沿いには、八脚のマホガニーの椅子が並んでいた。壁掛け式の晴雨計の下に古いピアノが置かれ、その上には空き箱や書類ボックスが山と積まれていた。暖炉はルイ十五世様式の黄色い大理石で、炉床の向かいにはゴブラン織の二脚の安楽椅子が置かれていた。マントルピースの中央に据えられた振り子の置き時計は、かまどの女神ウェスタの神殿を模したものだった――そして、住まい全体に、かすかな黴《かび》の匂いが漂っていた。床が庭よりも低いところにあるためである。

二階にあがると、まず「奥さま」の部屋がある。淡い花柄の壁紙が貼られた、ゆったりとした寝室で、王党派の若者らしい優雅な出で立ちをした「旦那さま」の肖像画

1 ノルマンディー地方にあるポン＝レヴェックの町のはずれにある地区の名前。サン＝ムレヌ教会周辺。以下に登場する地名もすべて実在している。

が飾られている。奥には小さな寝室がつながっており、マットレスを敷かない子供用のベッドが二台見えた。「奥さま」の部屋の隣は客間だったが、扉はいつも閉ざされたままで、布で覆われた家具が押し込まれていた。さらに廊下を進むと、突き当たりに書斎がある。黒い木製の大きな机を囲むようにして三方に書棚がしつらえられ、どの棚にも、書物や古い紙類がぎっしりと詰め込まれていた。ふたつの張り出し壁には、ペン画や、グアッシュの風景画や、オドラン作[2]の版画がいっぱいに飾られていた。古きよき時代の、消え去った贅沢の思い出である。屋根裏にあるフェリシテの部屋には、光を採る小窓があり、そこから牧場を見渡すことができた。

フェリシテは、夜が白む頃にはもう起きだし、朝のミサには欠かさず参列し、それから休息もとらずに、晩まで働きつづけた。やがて夕食もすみ、食器を片付けてしまうと、戸締りの確認をして、使いさしの薪《まき》を灰のなかに埋めた。そうしてようやく炉端に腰を下ろすと、数珠《ロザリオ》をつまぐっているうちに、ふっと眠りに落ちてしまうこともあった。ものを値切るさいの根気のよさでは、右に出るものは誰ひとりいなかった。きれい好きなことにかけては、フェリシテの台所に並ぶ鍋類の輝きを見ただけで、その召使いたちが色を失うほどだった。倹約を好み、ものを食べるときには一口ずつ時間をかけ、食卓に落ちたパンくずも指で集めた。パンは六キロもするものをわざわざ自分用に焼き、それを二十日間はもたせた。

一年中どんな季節でも、インド更紗《さらさ》のハンカチーフを肩掛けにし、背中をピンでとめていた。[3]髪はすっかりボンネット[4]におさめ、グレーの靴下に赤いスカートをはき、病院の看護婦たちのように、ブラウスの上からエプロンをつけていた。

やせた顔をして、声は高かった。二十五歳の時には四十歳に見え、五十歳をすぎると、年齢がわからないようになった。いつも物静かで、背すじをぴんとのばし、控えめな挙措で立ち働くその様子は、機械仕掛けで動く木製の女を思わせた。

---

2 十七世紀から十八世紀にかけて多くの芸術家を輩出した一家。ここではおそらくルイ十四世の宮廷銅版画家ジェラール・オドラン（一六四〇—一七〇三）。

3 スカーフもしくは大判のハンカチを三角に折り、肩からはおって、胸元で両端を結ぶスタイル（前で交差させてエプロンなどに挟み込むケースもある）。当時、庶民や召使いのあいだで流行していた。背中の中心でピン留めにするのは、働いているうちに、ずれないようにするため。

4 婦人用のかぶりもの。前側にのみ小さなつばがあり、顎の下で紐を結ぶ。

Ⅱ

フェリシテにも、ほかの女たちのように、恋をしたことがあった。

父親は石工《いしく》だったが、足場から落ちて死んだ。ついで母親も死に、残された娘たちは離散した。フェリシテはある小作人に引き取られたが、年端もゆかないうちから、野原で牛の番をさせられた。ぼろを着て寒さに震え、腹ばいになって沼の水を飲み、なんでもないことですぐに殴られた。最後には、盗んでもいない三十スーを盗んだかどで、家から追いだされた。別の農場で鶏小屋の番をまかされるようになったが、今度は主人たちに気に入られ、召使いたちから嫉妬された。

コルヴィルの村祭りに連れていかれたのは、八月のある晩のことだった（その頃には十八歳になっていた）。フェリシテは、たちまちのうちに気を呑まれ、頭がくらくらとした。ヴァイオリン弾きたちの奏でる賑やかな楽曲に、木々に煌《きら》めく灯籠。色とりどりの祭りの衣装に、ひるがえるレース飾り。女たちの胸を飾る金色の十字架。そして驚くほど大勢の人々の踊りの輪が、一斉にジャンプをするのだった。隅のほうでつつましく立っていると、荷車の梶棒《かじぼう》に肘をついてパイプをふかしていた身なりのよい若者が近づいてきて、踊りませんか、と誘った。若者は、フェリシテのために、林檎酒とコーヒーとそば粉のクレープと、スカーフ一枚の代金を支払った。そして、こちらの意図はフェリシテも察しているものと心得て、家まで送りましょう、と申し出た。そして大麦畑のはずれまできたところで、手荒く彼女を押したおした。恐ろしさのあまり、フェリシテは叫び声をあげた。若者は立ち去った。

別の晩、ボーモンに向かう道の途中で、大量の干し草を積んだ荷馬車がのろのろと前を進んでいた。車輪の脇を抜けて追い越そうとすると、荷馬車の主は、あの若者テオドールであった。

彼は落ち着きはらった態度でフェリシテに近づくと、このあいだのことはどうか許してほしい、あれは「お酒のせい」だったのだ、と釈明した。

フェリシテはどう答えたらよいものかわからず、ただもう逃げだしたい気持ちになった。

すかさずテオドールは、収穫のことや、村の名士たちのことを話しはじめた。彼の父親がコルヴィルを離れて、レ・ゼコの農場へと移ってきたので、今やふたりは近所同士になったというわけだった。「まあ」とフェリシテは言った。僕もそろそろ所帯をもつようにと親からは言われているんですが、とテオドールは続けた。でも、べつに急いではいませんし、気に入った女性が見つかるまではこのままで。フェリシテはうつむいた。テオドールは、あなたはご結婚をお考えですか、と尋ねた。フェリシテは、微笑《ほほえ》みをうかべて、おからかいになってはいけません、と答えた。「からかってなんかいませんよ。誓って!」そう言うと彼は、左腕を彼女の腰にまわした。フェリシテは腰を抱かれるままに歩きつづけた。ふたりの足取りが遅くなった。風は生暖かく、星は輝いていた。目の前の干し草の山はゆれていた。四頭の馬はのんびりと歩を進め、足元から土埃《つちぼこり》をあげていた。やがて、合図を受けるまでもなく、馬たちは右の道へと曲がった。若者はふたたびフェリシテを抱きよせた。フェリシテは暗闇のなかに消えた。

翌週、テオドールは、一度ならず逢い引きの約束を取りつけた。

ふたりが落ち合うのは、中庭の奥や、塀の裏や、一本だけ離れて立っている木の下だった。フェリシテは、良家のお嬢さまがたのように無知でいたわけではなかった――家畜たちを見ているうちに学んだのだ。だが、分別と、名を守ろうとする自然な気持ちから、あやまちをおかすことはなかった。そんなふうに拒まれると、テオドールの恋情はいっそう狂おしく燃え上がった。ついには、思いを遂げねばという一心で（あるいは本心からだったのか）、結婚しよう、とまで口にした。その言葉を信じてもよいものかどうか、フェリシテにはわかりかねた。彼は、堂々たる誓いの言葉を繰りかえした。

ほどなくして彼は、弱ったことがあるのだと打ち明けた。去年は両親が金を出してくれたので、兵役の身代わりをたてることができた。だが、いつまた徴兵されるかもわからない。兵役に行くなんて、考えただけでもぞっとする。彼がそんな臆病さを見せるのも、フェリシテには、自分を愛しく思ってくれていることの証《あか》しのように思われた。そして、それまでよりももっとやさしい気持ちでテオドールを想うようになった。夜更けになるとひそかに家を抜けだし、やっとのことで約束の場所にたどりついた。だが、テオドールは、自分の気がかりなことを話してはフェリシテに迫るばかりで、フェリシテは苦しんだ。

とうとうある日、テオドールは、いっそ県庁まで行って兵役の件について聞いてくるから、日曜の夜十一時から零時までには結果を教えよう、と言った。

その時がやってきて、フェリシテは恋する人のもとへと走った。

そこには、テオドールではなく、テオドールの友達が来ていた。

君はもう、二度とテオドールに会うことはないだろう、と彼は告げた。テオドールは、徴兵をまぬがれるために、トゥックの町に住むルウセー夫人という、大金持ちの老女を妻にしたのだから。

身も世もあらぬ悲しみが生じた。大地に身をなげ、泣き叫び、神に助けを乞うた。夜が白むまで、ひとりきりで、野原で呻きつづけた。それから農場へ帰ると、ここを出てゆくことにした、と主人に告げた。月末には、それまでの給料を受け取り、わずかな持ちものを風呂敷一枚に包んで、ポン＝レヴェックへと立ち去った。

宿屋の前まで来たところで、寡婦のカプリーヌ[5]をかぶったご婦人に話しかけてみたところ、ちょうど料理女をひとり探しているという。こんな小娘にたいしたことができるとも思えないけれど、と婦人は思った。でも、みるからに誠意にあふれているし、それに、どんな待遇であれ、文句は言わなそうだ。そこで考えた末に、オーバン夫人は言った。

「いいでしょう。うちにおいでなさい」

十五分後、フェリシテは、オーバン家に身を落ち着けていた。

最初のうちは「当家の流儀」や、いたるところに漂っている「旦那さま」の思い出のために、どこかこわごわとした気持ちで暮らしていた。七歳と四歳になるふたりの子供たち、ポールとヴィルジニー[6]を見ると、この子たちはきっとなにか尊い素材でできているのだと思われた。ふたりを背中にのせて、お馬さんごっこをしてやることもあった。オーバン夫人は、子供たちにひっきりなしにキスをするのはやめてちょうだいとフェリシテに言い、フェリシテは深く傷ついた。だが、フェリシテは幸福を感じていた。穏やかな環境が、悲しみを溶かしたのである。

毎週木曜日になると、お決まりのメンバーがボストン[7]の勝負をしに集まった。フェリシテがカードをそろえ、足温器[8]の準備をしておくと、八時きっかりに全員が集合し、十一時の鐘の前には散会となった。

5 頭と肩を覆う黒のスカーフ。レースや絹のものが多い。
6 ベルナルダン・ド・サン＝ピエールによる『ポールとヴィルジニー』（一七八八年）からつけられた名前。当時ベストセラーとなった牧歌的小説。
7 二組のカードを用いて四人でおこなうトランプのゲーム。十九世紀初期に流行した。

月曜日の朝には、路地裏に住む古道具屋が、鉄製品のがらくたを露天に並べた。やがて町いっぱいに人々の喧噪がひろがり、馬のいななきや子羊の鳴き声、豚の唸り声が入り混じり、二輪馬車がかたかたと音をたてて、通りを抜けていった。正午近く、市場がいよいよ活気づく頃になると、背の高い年とった農夫がひとり、きまってオーバン家の戸口に姿を見せた。ハンチングをあみだにかぶった鉤鼻《かぎばな》の男で、ロブランという名のジェフォスの小作人だった。それから少したつと、今度はリエバールが顔を出した。こちらはトゥックの小作人で、背が低く、赤ら顔で、ひどく太っており、灰色の上着に、拍車付きの革脚絆《かわきゃはん》を着けていた。

ふたりとも、地主であるオーバン夫人のもとに、雌鶏だのチーズだのを進呈しにくるのだった。だが、なんとかして厚遇にあずかろうとする彼らのもくろみは、いつでもきまってフェリシテに見抜かれてしまった。ふたりは、いや、まったくたいした召使いだわいと感心しながら、屋敷をあとにするのだった。

特にいつという決まりはなかったが、グルマンヴィル侯爵もちょくちょくオーバン家に顔を見せにきた。侯爵はオーバン夫人の叔父にあたる人物で、放蕩のために一文無しになり、今ではファレーズに残されたほんのわずかな土地で暮らしていた。侯爵がやってくるのは必ず昼飯どきで、そのうえ、しつけのなっていないプードル犬を連れてくるものだから、家じゅうの家具が足あとでべたべたにされた。ひとかどの紳士らしく振る舞うことにひどく心をくだいており、「亡き父上が」と口にするたびに帽子をちょっと持ちあげたりしたが、常日頃の習慣はごまかせないもので、自分のグラスにどんどん酒を注いでは、あれやこれやと卑猥なことを口走るのだった。フェリシテは、この男には丁重におひきとり願うことに決めていた。「グルマンヴィルの旦那さま、もうずいぶんお召しになりましたから、どうぞまた今度」と言って、ばたんと扉を閉めてしまうのだった。

その扉は、かつて代訴人[9]をしていたブーレ氏がやってきたときには、快く開かれた。その白いネクタイも、禿げあがった頭も、ワイシャツのひだ飾りも、たっぷりとした茶色のフロックコートも、嗅ぎ煙草をやるときのもったいぶった腕のしぐさも、この男の何もかもが、フェリシテには、ひとかたならぬ人物を目にしているときのような、

8 中に熱く燃える燠《おき》を入れた小型の箱。蓋に孔《あな》があいており、上に足をのせて暖を取る。熱が逃げないように、上からブランケットなどで覆う。
9 訴訟手続きを担当する公吏。

あのどぎまぎとした気持ちを覚えさせるのであった。

彼は「奥さま」の不動産管理にあたっていたために、何時間もふたりきりで「旦那さま」の書斎にこもることがあり、そのために悪い噂がたったりはしないかと、しじゅう気をもんでいた。そして司法官職に限りない敬意を払い、ことあるごとにラテン語を発しては悦に入るのだった。

ある時、ブーレ氏から、オーバン家の子供たちが楽しく勉強できるようにと、挿絵入りの地理の本が贈られたことがあった。羽根飾りをつけた人食い人種や、若い娘をさらう大猿や、砂漠をわたるベドウィンの隊商や、銛《もり》をうちこまれた鯨など、世界各地のさまざまな情景が版画で表されていた。

ポールはそれらの版画について、フェリシテに解説してやった。フェリシテが受けることのできた教育らしきものといえば、およそそれがすべてだった。

子供たちの教育にあたったのは、ギュイヨ氏である。役場勤めのぱっとしない男で、綺麗な字を書くことで知られていたが、ナイフの革砥《かわと》に長靴を使うような粗野なところもあった。

空がよく晴れている日には、朝早くからみんなでジェフォスの農場まで出かけた。

敷地は斜面になっており、母屋《おもや》は中央に建っていた。海は遠くで、灰色の染みのように光っていた。

フェリシテが籠から冷肉の薄切りを取りだし、搾乳小屋につながる部屋でみんなで昼食をとった。今ではこの部屋だけが、かつての別荘の面影を残す部分だった。風が吹き抜けるたびに、はがれかけた壁紙がかすかに震えた。オーバン夫人は、侘《わび》しさに耐えかねて、うつむいたきりになることがあった。子供たちまでがおしゃべりをやめた。「いいから、遊んでいらっしゃい」オーバン夫人が言うと、子供たちは外に駆けだしていった。

ポールは納屋にあがり、鳥をつかまえ、沼で水切りをした。大きなワイン樽を棒でたたくと、太鼓のようにいい音がした。

ヴィルジニーは兎たちに餌をやり、待ちきれないといった様子で矢車菊《やぐるまぎく》を摘みに走った。あんまり急いで駆けてゆくものだから、ひるがえるスカートの下から、かわいい刺繡入りの下ばきがのぞいていた。

ある秋の晩、家まで帰るのに、牧草地を抜けていったことがあった。

上弦の月が空の一角を照らし、曲がりくねるトゥック川の上に、霧がスカーフのようにかかっていた。芝生に放たれた牛たちは、四人が通りすぎるのを静かに見つめていた。三つ目の牧草地では、幾頭かの牛たちが身を起こし、輪になって立ちふさがった。「こわがることはありません」フェリシテは言った。そして、なにか哀歌のようなものをそっとくちずさみながら、手前にいた一頭の背中をさすってやった。牛はくるりと向きを変え、ほかの牛たちもそれに倣った。だが、次の牧草地を抜けると、一声、ぞっとするほど野太い声がわきあがった。霧にまぎれて、一頭の牡牛がいるのに気づかなかったのだ。こちらへ近づいてくる。オーバン夫人が駆けだしそうになった。

「いけません！　もっとゆっくり！」

とはいえ、ふたりは足を速めた。背後に迫る鼻息は、しだいしだいに荒くなる。ひづめは、槌《つち》の連打のように、草の大地を打っている。そして、ああ、とうとう、牛が走りはじめてしまった！　フェリシテはくるりと向きなおると、芝土の塊をつかみあげ、牛の目をめがけて投げつけた。牛はぱっと鼻面を伏せると、角を振りたて、全身を怒りに震わせて、恐るべき唸り声をあげた。オーバン夫人は、すでに牧草地の果てまで行き、子供たちと共に最後の土塁を越えようと半狂乱になっていた。フェリシテは、なおも牛を前にして、後ずさりをつづけていた。芝土を投げつけては目つぶしをくらわせ、そのあいだにも「お早く、どうかお早く！」と叫びつづけていた。

オーバン夫人は掘割りの底におりると、まずはヴィルジニーを、次いでポールを盛り土の上に押しあげた。それから自分でも這いあがろうとしたが、幾度も転げ落ち、それでも気力を振りしぼって、最後にはどうにか上までたどりついた。

牛はもうフェリシテを柵のところまで追いつめていた。よだれが顔に撥ねかかり、今にも腹が突き破られる、と思ったその瞬間、フェリシテは、柵木と柵木の隙間から、反対側へと身をすべらせていた。巨体の持ち主はすっかり虚をつかれて、足をとめた。

この出来事は、その後何年にもわたって、ポン＝レヴェックの人々の話の種となった。フェリシテはそれを誇るようなことはなく、そもそも自分がなにか勇敢なことをしたのだとさえ考えていなかった。

フェリシテの頭は、ヴィルジニーのことでいっぱいになっていた。ヴィルジニーは、このときに覚えた極度の恐怖から、神経疾患にかかってしまったのだ。一家の医師であるプパール先生は、トゥルヴィルでの海水浴療法をすすめた。

その頃、トゥルヴィルの海水浴場は、まだ訪れる客も少なかった。オーバン夫人は下調べをすると、ブーレ氏に意見を求め、長旅にでも出かけるかのように支度をととのえた。

荷物は前日に小作人のリエバールの荷馬車で送っておいた。次の日、リエバールが二頭の馬を連れてきた。一頭には、ビロードの背もたれのついた女性用の鞍が置かれていた。もう一頭の尻の上には、腰掛けがわりにまるめた外套がくくりつけられていた。オーバン夫人はその外套の上に、つまり、リエバールの後ろに乗った。ヴィルジニーはフェリシテが引き受け、ポールはロバの背にまたがった。絶対に大切に扱うから、という約束で、ルシャプトワ氏に借りてきたロバである。

道はひどく悪く、八キロの距離を行くのに二時間もかかった。馬はひづめの上まで泥のなかに沈み込み、足を引き抜こうとするたびに、ぶるりと腰を震わせた。轍《わだち》にはまって往生することもあれば、ジャンプして飛び越えさせないかぎり、進みようのない場所もあった。そのうえ、リエバールの雌馬は、ふとした拍子に足をとめるのだった。そうなるとリエバールは、雌馬がまた動きだす気になるまで、いつまでも気長に待ちつづけるのだった。そして道沿いに地所を持つ人々の噂話をしては、なにか教訓めいた見解をつけ加えたがった。かくしてリエバールは、トゥックの町の真ん中で、ノウゼンハレンの花を飾った窓の下を通りすぎがてら、肩をそびやかして言ったのだった。「そうら、あの例のルウセー夫人のお宅ですな。あのひとも、まったくあんな若い男と一緒になるんじゃなしに……」フェリシテは、その先を聞いてはいなかった。馬たちは速足で、ロバは駆足で進んでいった。一行が小道に入ると、柵が回転し、ふたりの少年が現れた。戸口のすぐきわにある水肥《すいひ》溜めの前で、全員が馬から下りた。

リエバールのおかみさんは、女主人の姿を目にするや、嬉しくてたまらないという様子をことさらに示してみせた。昼食には、牛の腰肉、臓物料理、腸詰、鶏肉のホワイトソース煮込み、泡立つ林檎酒、甘く煮た果物のタルト、プラムのブランデー漬けが振る舞われ、それらの料理のすべてに添えて「ますますお元気そうな」奥さまと、「本当にお綺麗になられた」お嬢さまと、すばらしく「たくましくおなりの」ポール坊ちゃまへの、ありったけのお世辞が振りまかれた。今は亡き「おじいさまとおばあさま」のことを持ちだすのも忘れない。リエバール家は何代にもわたってオーバン家に仕えてきたのだから、先代のことまでそれはよく存じております、というわけだった。農場は、そこに住む彼らにも似て、古めかしいものだった。天井の梁《はり》は虫が喰い、壁は煤《すす》で黒ずみ、窓ガラスは埃《ほこり》でくもっていた。オークの飾り戸棚には、台所用品や調理器具が雑然と並べられ、水差しや、食器や、錫《すず》の小鉢、オオカミの罠や、羊の毛刈りばさみまであった。巨大な浣腸器を見つけた子供たちは、声をあげて笑った。三つの中庭の木は、どれも根元にきのこを生やしており、枝にはヤドリギの丸い茂みが寄生していた。何本かは強風にやられていたが、折れたところからまた枝をのばしていた。どの木にも枝がしなうほど、いっぱいに林檎がなっていた。母屋の屋根は藁葺《わらぶ》きで、あちこちが擦り切れた茶色いビロードのようになっていたが、どんな突風が吹こうとも、しっかりと持ちこたえていた。ところが荷車小屋のほうは、もう完全に朽ち果てていた。オーバン夫人は、これについては、まあ、考えておきましょう、とだけ言うと、ふたたび馬の用意を命じた。

トゥルヴィルまではさらに三十分ほどかかった。「絶壁」と呼ばれる最後の難所では、馬を下りて歩かねばならなかった。波止場がすぐ足元に見えるほど切り立った断崖である。一行はそこから数分で船着き場の端《はし》に着き、ダヴィッドのおかみさんが経営する宿「黄金の仔羊」の中庭へと入った。

ヴィルジニーは、最初の数日間で、もう元気を取り戻しはじめた。転地と海水浴の効きめである。水浴衣《すいよくい》は持っていなかったので、下着のままで海に入った。海から出ると、海水浴客たちが更衣室がわりにしている税関小屋のなかで、またフェリシテに服を着せてもらうのだった。

午後になると、みんなでロバをつれて、ロッシュ＝ノワールを通って、エヌクヴィルのほうまで足をのばした。小道はまず、公園の芝地のような起伏のある土地をのぼってゆき、のぼりきったところに放牧地と耕作地が交互になった台地がひらけていた。道の両脇にはキイチゴの茂みが続き、その茂みからヒイラギの木がのびていた。ときおり、立ち枯れた巨木が折れた枝々を広げ、青空を背に稲妻のような影を描きだしていた。

たいていは、左手にドーヴィルの町、右手にル・アーヴルの町、そして正面に海をのぞむ牧草地で、休憩をとることにしていた。海は陽ざしを浴びてきらきらと輝き、鏡のようになめらかで、さざ波の音すら聞こえないほど穏やかだった。どこかで雀が鳴いていた。頭上には、すべてを包みこむような、限りない青空が広がっていた。オーバン夫人は、草地に腰をおろして針仕事を進め、ヴィルジニーは母親のそばでイグサを編んでいた。フェリシテはせっせとラベンダーを摘み、ポールは退屈していて、もう行こうよと言うのだった。

トゥック川を船で渡って、みんなで貝拾いに出かけることもあった。潮が引いているときには、ウニやオウギガイやクラゲなどが打ちあげられていた。子供たちは、風に吹きあげられる波の泡をつかまえようと走りまわっていた。まどろむような波が、砂浜に打ち寄せては砕け、長くのびる渚をなめらかに濡らしていた。渚は見渡す限り続いていたが、陸側には砂丘が連なっており、砂丘の向こう側には、ちょうど競馬場のような楕円形をした「沼地《マレ》」と呼ばれる窪んだ草原地帯が広がっていた。そこを通って家に帰るときには、遠い丘の斜面にあるトゥルヴィルの町が見えた。大きな家もあれば小さな家もあり、ふぞろいで陽気な雰囲気が一足ごとに大きく見えてくるので、まるで大輪の花がゆっくりと開くのに立ち会っているかのようだった。

猛暑の日には、誰も部屋から出ないようにしていた。外はまぶしいほど明るく、鎧戸の桟がくっきりとした光のストライプを溜めていた。村は、物音ひとつしなかった。下の歩道にも人影はなかった。これほどの静けさに浸されていると、一切のものがいっそう静謐さを増すかのようだった。遠くでは、船底の水止め補修をするハンマーの音が響いていた。ときおり、あたたかい一陣の海風が、タールの匂いを運んできた。

最大の気晴らしになったのは、漁船が帰港するときだった。船はブイを越えると、すぐにジグザグ帆走に入った。帆はマストの三分の二のところまで下ろされていた。

前檣帆《ぜんしょうはん》10が風船のようにふくらみ、船体が小波をかきわけてすべるように進むと、港の奥まで入ったところで、不意に錨《いかり》が投げおろされた。それから船が埠頭に横づけにされた。水夫たちは船体の外板ごしに、ぴちぴちと跳ねる魚を放ってよこし、荷車は列をなしてそれを待ちかまえていた。木綿のボンネット姿の女たちが我先に魚の籠を受け取り、帰ってきた男たちを抱擁で迎えた。

そうした女たちのひとりが、ある日、フェリシテに声をかけてきた。しばらくすると、フェリシテはじつにうきうきとした様子で、宿屋の部屋に戻ってきた。生き別れになっていた姉のひとり、ナスタジー・バレットと再会したのである。今ではルルーという男の妻になっており、宿にやってきたときには、胸に乳飲み子《ちのご》、右手に幼な子、左手に少年水夫を連れていた。少年は、両のこぶしを腰にあて、ベレー帽をはすにかぶっていた。

十五分もたつと、オーバン夫人は、彼女におひきとりを願った。ナスタジーたちの姿を見かけるのは、決まって「黄金の仔羊」の台所のあたりか、

10　メインマストと船首の間に立つ前檣《フォアマスト》に張られた帆。

散歩の途中だった。亭主の姿を見かけることはなかった。

フェリシテは、この親子に愛情を感じるようになった。毛布やら、シャツやら、オーブンやらの代金を支払ってやった。言うまでもなく、つけこまれていたのである。フェリシテの人の好さに、オーバン夫人は苛立った。フェリシテの甥っ子の馴れ馴れしさも癇《かん》にさわっていた――オーバン家の息子に向かって「おまえ」などという口をきくからである。ヴィルジニーも咳をするようになっていたし、もう良い季節も過ぎてしまっていたので、オーバン夫人は、ポン＝レヴェックへと帰ることにした。ポールの中学校を選ぶにあたっては、ブーレ氏が指南してくれた。一番の名門はカンの町にある学校だというので、そこにやることになった。ポールは、学友たちと一緒に寮で暮らすのが楽しみで、家族との別れも立派に果たした。

オーバン夫人は、息子との別れを、いずれ避けえないこととして、諦めの気持ちをもって受け入れた。ヴィルジニーは、しだいに兄のことを考えなくなっていった。フェリシテは、すっかり静かになってしまった家を寂しく感じていた。だが、やがて別のことに気を取られはじめた。クリスマスがやってきて、毎日、幼いヴィルジニーを教理問答《カテキスム》[11]に連れていくようになったのだ。

III

扉を入って跪拝《きはい》をすませると、フェリシテは左右に並べられた椅子席のあいだを抜けて、天井の高い身廊[12]を進んだ。そしてオーバン家の祈禱席に入ると、あたりを見まわした。

聖歌隊席の右側に少年たちが、左側に少女たちが並んでいた。主任司祭は書見台のそばに立っていた。後陣[13]のステンドグラスでは、聖霊が聖母マリアに降臨していた。別のステンドグラスでは、聖母マリアが幼な子イエスに跪《ひざまず》いていた。聖櫃[14]の向こう

11 キリスト教の信仰教育のこと。「公教要理」とも訳される。また、それに用いられる教本やその内容のこと。多くは、子供と洗礼志願者を対象とし、キリスト教の教理がわかりやすく概説される。
12 教会の入り口から祭壇までの細長い空間のこと。両脇の列柱によって側廊と区切られている。
13 祭壇の置かれた内陣（正面奥）の後方に位置する半円形の空間。
14 祭壇の上に置かれる箱状の台。この上に聖体を安置する。

では、木彫りの聖ミカエルが竜を退治していた。

司祭はまず、旧約聖書の物語を大まかに語った。エデンの園や、大洪水や、バベルの塔や、炎上する町々や、死んでゆく民や、打ち壊される偶像が、はっきりと目に浮かんだ。フェリシテは、その目も眩《くら》むほどの輝きのなかから、ただ神への崇敬と、神の怒りへの畏怖のみを心にとどめた。続く受難のくだりでは、話を聞いているうちに、涙があふれてきた。なぜ、あのかたは、十字架などにかけられねばならなかったのか。子らを慈しみ、民を飢えから救い、盲人の目を開き、ただ心のやさしさのみから、穢《けが》れた馬小屋に生を享《う》け、貧しいものたちの中においでくださったかたなのに。福音書のなかに出てくるものは、種まきでも、収穫でも、圧搾機でも、すべてフェリシテの日常に存在するものだった。それらのものは今や、神の訪れをうけて、神聖なものとなっていた。フェリシテは、神の仔羊[15]を愛するがゆえに、農場の羊たちをいっそうやさしく愛し、聖霊のことを思うがゆえに、白鳩たちをいっそう慈しんだ。[16]

聖霊の位格は、フェリシテにとって、想像のしにくいものであった。なにしろ聖霊は、鳥であるだけでなく、また火でもあり、時には息でもあるというのだから。おそらく、夜になると沼のほとりでちらちらとしているあれは、聖霊の光なのだ。浮雲をそっと運んでゆくあの風は、聖霊の息吹なのだ。教会の鐘の音があんなにも美しく響くのは、聖霊の声だからなのだ。フェリシテは、教会のひんやりとした壁と、水をうったような静けさに身を浸しながら、熱烈に神を讃美した。

教義に関しては、なにひとつわからなかった。わかろうという努力もしていなかった。司祭は語り聞かせ、子供たちは暗誦《あんしょう》し、フェリシテは眠りに落ちた。そして教課が終了し、敷石に木靴の音が響く頃になると、はっと目をさますのだった。

こうして繰り返し耳にするうちに、子供の頃に宗教教育などを受けなかったフェリシテは、教理問答《カテキスム》を習い覚えた。それからというもの、ヴィルジニーのすることを、ことごとく真似するようになった。ヴィルジニーが断食をすれば、一緒に断食をし、ヴィルジニーが告解をすれば、自分も告解をした。聖体祭[17]のときには、ふたりで仮祭壇[18]をこしらえた。

ヴィルジニーの初聖体拝領[19]にあたっては、その日が来る前から緊張しつづけていた。

15 イエス・キリストのこと。
16 聖霊は白鳩の姿で表される。
17 キリストの身体の象徴である「聖体」（聖別されたパン）を祝福するための祭日。

靴は、ロザリオは、祈禱書は、手袋は、と心のやすまるひまがなかった。母親を手伝ってヴィルジニーに衣装を着せたとき、フェリシテはどれほど身震いをしたことだろう。

ミサが続くあいだじゅう、フェリシテははらはらしどおしだった。ブーレ氏に遮られているために、内陣[20]の片側はよく見えなかった。だが、真正面には、ヴェールの上から白い冠をかぶった乙女たちが並び、雪野原さながらであった。フェリシテには、遠くからでも、ひときわ愛くるしく首を伸ばし、一心に集中しているお嬢さまの姿が見分けられた。鐘が鳴り響き、全員が一礼した。静寂がひろがった。パイプオルガンの荘厳な音と共に、聖歌隊と参列者たちが「神羔誦《アニュス・デイ》」を唄いはじめた。それから少年たちの列が動きだし、続いて少女たちが立ちあがった。少女たちは手を合わせて、一歩、また一歩と、煌々と明かりの灯《とも》る祭壇に近づくと、最下段に跪き、順々に聖体を拝受した。そして、ふたたび同じ順番で祈禱台のほうへ戻っていった。ヴィルジニーの番が来たとき、フェリシテは、よく見ようとして、身をのりだした。そして、まことのいとおしみだけが授ける想像力によって、自分自身がヴィルジニーになっているかのように感じていた。ヴィルジニーの顔が自分の顔になり、ヴィルジニーの衣装が自分の体を包み、ヴィルジニーの高鳴る心臓が自分の胸のうちで鼓動していた。瞼《まぶた》が閉じられ、ついに口が開かれようとしたその瞬間、フェリシテは気を失いかけた。

翌日の朝早く、聖具納室を訪れた。司祭がフェリシテにも聖体を拝受してくださることになっていたからである。フェリシテは恭《うやうや》しく聖体を授かったが、しかし、前日に感じたものと同じ甘美さを味わうことはなかった。

オーバン夫人は、娘にはすべてを兼ねそなえた女性になってほしいと願っていた。ギュイヨ氏にまかせていたのでは、英語も音楽も教えられない。そこで、娘をオンフルールにある聖ウルスラ修道会の寄宿舎に入れることに決めた。

ヴィルジニーは、親にいっさいの反抗をしなかった。フェリシテは、奥さまは非情

18 聖体祭(「聖体の祝日」)の日には、教区のなかにいくつか設けられた「仮祭壇」をたどって、行列が練り歩く。司祭は、「仮祭壇」の中央に、聖体をおさめた「聖体顕示台」(注40参照)を安置し、ふたたびそれを取り上げて、次の「仮祭壇」に向かう。

19 洗礼後、初めて聖体を受ける儀式のこと。

20 教会の正面奥の主祭壇が置かれる空間。司祭や聖歌隊が身を置く場所。一段高くなっているか、仕切り柵で区切られている。

でいらっしゃる、とため息をついた。でもたぶん、と思いなおした。奥さまが正しいのだろう。なんといっても、そうした事柄は、自分にはまったくわからないことなのだから。

とうとうある日、門の前に一台の古い幌馬車が止まり、ひとりの修道女が降りてきた。「お嬢さま」のお迎えである。フェリシテは、幌のうえに荷物を運びあげ、くれぐれもよろしくたのみますよと御者にも声をかけ、物入れのなかには、ジャムの瓶を六つと、洋梨を一ダース入れ、すみれの花束を添えた。

ヴィルジニーは最後の最後になって、大泣きをした。抱きつかれた母親は「さあ、しっかりするんですよ、さあ」と繰りかえし、額にキスをしてやった。ステップが引き上げられて、馬車が出発した。

馬車が行ってしまうと、オーバン夫人は卒倒した。その日の晩には、友人という友人がオーバン夫人を慰めに来た。ロルモー夫妻、ルシャプトワ夫人、ロッシュフイユのお嬢さまがた、ウップヴィルの旦那、ブーレ。

娘に会えなくなったオーバン夫人は、最初のうち、ひどく苦しんだ。だがそのうちに、週三回の手紙を受けとり、手紙が届かない日には自分からも書くようになった。

庭の散歩をしたり、少し本を読んだりしながら、空白の時間を埋めるようになった。

朝がくると、それまでの習慣から、フェリシテはヴィルジニーの部屋に入った。そして、四方の壁を見つめた。もう、あの子の髪を梳《す》いてやったり、編み上げ靴の紐を結んでやったり、掛布団をおさえて隙間がないようにしてやることもないのだ。つまらない。もう、あの可愛らしい顔を、四六時中そばに見ていることも、出かけたときに手をつないでやることもできないのだ。手持ち無沙汰でならず、レースでも編んでみようかと思った。だが、指によく力が入らず、糸が切れた。なにひとつうまくできず、夜も眠れない。本人の言いかたを借りるならば「憔悴しきって」いたのだ。

フェリシテは「気をまぎらす」ために、甥のヴィクトールを呼んでもよいかと、オーバン夫人に許しを求めた。

ヴィクトールは、日曜日のミサの後、頬を紅潮させ、胸をはだけ、通り抜けてきた田舎道の匂いをさせながらやってきた。フェリシテはすぐにフォークとナイフをテーブルに並べた。ふたりは向かい合って昼食をとった。フェリシテは、出費を抑えるために自分はなるべく小食にしていたが、ヴィクトールにはいくらでもよそってやり、ヴィクトールは満腹のあまり居眠りを始めるほどだった。晩課の鐘が鳴りはじめると、ヴィクトールを起こし、ズボンにブラシをかけて、ネクタイを結んでやった。それから母親のような誇らしい気持ちで、ヴィクトールの腕にもたれて、夕べのミサへと向かうのだった。

ヴィクトールは両親から、フェリシテのところに行ったら、なにかしら頂戴してくるように言いつけられていた。たとえば、粗糖をひと箱だとか、石鹸だとか、ブランデーだとか、時には、現金ということすらあった。繕っておいてほしいと言って、着古しを置いてゆくこともあった。フェリシテは、この服がある限り、必ずまた来てくれるのだと思って、喜んでその手間を引き受けた。

八月になると、ヴィクトールは父親に連れられて、沿岸航海へと出かけた。

ちょうど、長期休暇の時期だった。ふたりの子供たちが実家に帰ってきたので、フェリシテは気がふさがずにすんだ。だが、ポールはわがままになっており、ヴィルジニーは敬語で話しかけなくてはいけない年頃になっていたため、ヴィルジニーとフェリシテのあいだには、気づまりと隔たりが生まれていた。[21]

ヴィクトールは、モルレー、ダンケルク、ブライトンと、次々と航海をした。そして、船旅から戻るたびに、フェリシテに土産物をくれた。最初の航海のときは、貝殻でできた小箱だった。次の航海では、コーヒー茶碗だった。三度目の航海では、大きな人形の形をしたパン・デピス[22]だった。ヴィクトールはだんだんと美しくなっていった。細く締まった腰、薄い口髭、明るいまっすぐな目。舵取り水夫のように、あみだにかぶった小さな革の帽子。ヴィクトールは、船乗り言葉を織り混ぜながら、いろいろな旅の話をしてフェリシテを喜ばせた。

ある月曜日、一八一九年の七月十四日（この日付をフェリシテはずっと忘れなかった）にヴィクトールは、遠洋航海員に雇ってもらえた、と告げた。翌々日の晩にオンフルールからの定期船に乗れば、ル・アーヴル発の帆船に間に合う。そうなれば、おそらく二年間は帰ってこない。

そんなにも長いあいだ会えなくなるのかと思うと、目の前が真っ暗になった。せめ

21 召使いが「お嬢さま」に話す場合、幼い子供ならば、親しい相手への二人称 tu で話すこともできるが、一定の年齢を過ぎれば、主人に対するのと同じく、より丁寧な呼び方 vous で話しかけなくてはならない。

22 シナモン、ナツメグ、ジンジャー、アニス、クローヴ等の香辛料を加え、蜂蜜で風味づけしたパウンドケーキ。

て、もう一度だけ、最後に、お別れを言いたい、と思い、フェリシテは、水曜の晩にオーバン夫人の夕食の世話を済ませると、木靴をつっかけて、ポン＝レヴェックからオンフルールまで、四里の道をひた走った。

だが、キリスト磔刑像《たっけいぞう》[23]の立つ分かれ道で、左に行くべきところを右へと曲がってしまった。造船所に入り込んで道がわからなくなり、いったん元のところまで戻ってくると、道を尋ねた人たちから、急いだほうがいいと言われた。いくつもの船が浮かぶ湾を一周せねばならなかった。舫《もや》い綱《づな》につまずいた。やがて、道が下り坂になりはじめた。幾すじも交錯する光線が目に入り、夜空に数頭もの馬が浮かんでいるのを見た時には、てっきり自分の頭がおかしくなったのだと思った。

船着き場の端で、他の馬たちが海におびえていないていた。馬たちは、巻き上げ機に宙づりにされ、一頭、また一頭と、甲板の上へと移されていたのだ。乗客は、林檎酒の樽や、チーズの籠や、穀物袋のあいだで、押し合いへし合いしていた。雌鶏の鳴き声が聞こえ、船長が怒鳴りちらしていた。そんな喧噪をいささかも気にかけぬ様子で、ひとりの水夫が船首端の柱にひじをついていた。それがヴィクトールであることがわからぬまま、フェリシテは大声で呼んだ。「ヴィクトール！」ヴィクトールは顔を上げた。フェリシテは身をいっぱいに乗り出した。その時、梯子《はしご》が引きあげられた。

客船は、歌声に合わせて綱を引く女たちに引かれて、港を離れた。肋材《ろくざい》がぎしぎしと軋み、重たい波が舳先《へさき》を洗って砕けた。船が沖に向かってまっすぐに進みだすと、もう乗客の姿は見えなくなった。やがてそれは、月光で銀色に輝く海の上でひとつの黒い染みとなり、しだいに色を失い、限りなく奥へ遠のき、ついには消滅した。

フェリシテはキリスト磔刑像の近くまで戻ってきたとき、神のご加護を求めようと思った。どうか、神さま、わたしがいちばん大切にしているものを、お守りください。そして、長いこと、曇り空に向かって、立ったまま祈りを捧げた。涙があふれて止まらなかった。村は寝静まっていた。税関職員がぶらついていた。水門の孔《あな》からはとめどない水の束が落ち、轟音を響かせていた。二時の鐘が鳴った。

修道院の面会室が開かれるのは、夜が明けてからだろう。うちに帰るのが遅くなれば、奥さまにご迷惑をおかけする。お嬢さまに接吻したい気持ちはやまやまだったが、

23　一里（リュー）は約四キロメートル。四里は十六キロメートルほど。

フェリシテは家に帰ることにした。ポン＝レヴェックに着いたのは、宿屋の召使いたちが起き始める頃だった。

あの子はもう、海の上にいて、これから何か月も、波にゆられて、ゆられつづけるのだ。これまでの航海では、こんなふうに不安にはならなかった。イギリスに行った人も、ブルターニュに行った人も、みんな、帰ってきている。けれど、アメリカは、植民地は、西インド諸島は、どんな土地とも知れない、辺鄙な、世界の果てではないか。

その日からというもの、フェリシテは、ただ甥のことだけを思いつめるようになった。太陽の照る日には、喉が渇いてはいないだろうかと心配し、台風が来ようものならば、雷に打たれてはいないかと不安になった。屋根のスレートをあおりたてる風が、煙突のなかで低く唸るのが聞こえると、嵐で船から振り落とされたヴィクトールが、折れたマストの上に身をのけぞらせて、逆巻く波に運ばれているところが目に浮かんだ。ひょっとしたらあの子は——と、あの版画入りの地理の本が思い出されるのだった——野蛮人に食べられているのではないか。森の猿の群れにさらわれているのではないか。人気《ひとけ》のない海岸で息をひきとりつつあるのではないか。フェリシテは、それほどの気がかりを抱えながらも、そのことを口に出すことはなかった。

オーバン夫人には、オーバン夫人の心配事があった。娘のことである。修道女たちによれば、ヴィルジニーは心のやさしい娘だが、すこし繊細すぎる、ということだった。少しでも心に動揺を覚えることがあると、たちまち神経が高ぶる。ピアノのレッスンはやめさせるほかなかった。

オーバン夫人は、定期的に娘の様子を知らせて寄越すように、修道院に頼んでおいた。ある朝、郵便配達人がやってこなかったことがあった。オーバン夫人は、今か今かと待ちきれずに、肘掛け椅子に腰をかけてはまた窓の外をのぞき、広間を歩きまわった。どう考えてもおかしいではないか。もう四日も連絡が来ないなんて。

自分の場合に引き比べてみたら、少しは慰めになるのではないかと思い、フェリシテは言った。

「奥さま、わたくしはもう、かれこれ六か月も便りがないんでございますよ」

「便り……って、誰からの？」

召使いはやさしく答えた。

「誰って……、そりゃ、甥っ子でございますよ」

「ああ、あの子！」

そう言うとオーバン夫人は、ちょっと肩をすくめると、またうろうろと歩き始めた。それはつまり「もうすっかり忘れていたわ。だいたい、そんなこと……、どうだっていいのよ。あんな水夫なんて。あんな品のない。くだらない。わたしが心配しているのはね、我が家の大事なひとり娘のことなのよ。ちょっとは考えてもみてちょうだい」ということなのだった。

人からつらくあたられることには慣れてきたはずのフェリシテも、この時ばかりは奥さまに腹を立てた。腹を立て、そして、ほどなく忘れてしまった。お嬢さまのことともなれば、取り乱すのも当然と思われたのだ。

ヴィルジニーとヴィクトールの、どちらがより大切ということはなかった。フェリシテの心から生じる絆がふたりを結びつけ、ふたりの運命は同じひとつのものとなるべきものと思われた。

近所の薬剤師が言うには、ヴィクトールの乗った船はハバナに着いたということだった。新聞でそう読んだのだという。

ハバナ葉巻ならば、聞いたことがある。フェリシテには、ハバナといえば、葉巻をふかすこと以外には何ひとつすることがない土地のように思われた。そして黒ん坊たちのあいだを、もくもくしたタバコの煙に包まれて行き来するヴィクトールの姿が浮かんだ。「やむをえない時」には、陸伝いに引き返すこともできるのだろうか。ポン＝レヴェックからはどのくらい遠いのだろうか。フェリシテは、ブーレ氏に尋ねてみることにした。

ブーレは地図帳を取り出すと、経度とは何かについての解説から始めた。フェリシテがあっけにとられているのを見ると、生半可な知識を開陳できる喜びに、笑みを浮かべた。そして長々と述べ立てたあげくに、でこぼこの海岸線に囲まれた細長い染みのようなものを見せ、鉛筆ホルダーの先で、染みの内側にあるほとんど目に見えぬほど小さな黒い点を指し、「ここだよ」と言った。フェリシテは地図の上に身を乗り出してみた。何色もの線が複雑に交錯していて、目がちかちかした。何がなんだかわからなかった。するとブーレは、何か知りたいことがあるなら、遠慮なく言ってみなさいと言った。フェリシテは、ヴィクトールの住んでいる家を教えてほしい、と言った。ブーレは天をあおいで、くしゃみをし、豪快に笑った。これほどの純真さにお目にかかれたことが、愉快でならなかったのだ。フェリシテは、何がそんなにおかしいのかわからなかった。――いやはや、この女は、甥っ子の顔すら見られるかもしれないと期待していたらしい。知性といっては、じつに、それほどささやかなものしか持ち合わせていないのだ！

それから半月ばかりすると、リエバールがいつものように、市《いち》の立つ時間に台所にやってきた。フェリシテの義兄から手紙をことづかったのだと言う。ふたりとも字が読めなかったので、奥さまに読んでいただくことにした。

編み目を数えていたオーバン夫人は、編み物を脇に置くと、手紙の封を破り、はっと身を震わせた。それから深い眼差しになり、低い声で言った。

「悪い……知らせなの。あなたの甥が……」

死んでいたのだった。詳しいことは書かれていなかった。

フェリシテは椅子に崩れ落ち、壁に頭をあずけると、目を閉じた。たちまち瞼が真っ赤に染まった。顔を下に向け、力なく両腕を垂らし、一点を見つめたまま、とぎれとぎれに繰り返した。

「かわいそうに！　かわいそうに！」

リエバールはため息をつき、フェリシテをじっと見つめていた。オーバン夫人はかすかに震えていた。

オーバン夫人は、トゥルヴィルのお姉さんの家まで行ってきてはどうか、とフェリシテに勧めた。

フェリシテは、その必要はない、と身ぶりで答えた。

沈黙が訪れた。リエバールは、自分はもう引き上げる頃合いだと思った。

するとフェリシテが言った。

「姉さんたちは、平気なんだ、あの子のことなんて！」

そして、また頭を垂れた。それからぼんやりと、裁縫台の上の長い縫い針を手にして、また元に戻し、それを繰り返していた。

担架を運ぶ女たちが中庭を横切った。積まれた洗濯物から、雫《しずく》が滴《したた》っている。

窓ごしにそれを見たフェリシテは、洗濯のことを思い出した。昨夜はつけ置きを済ませたのだから、今日はゆすぎをしなければならない。フェリシテは部屋を出ていった。

洗濯板と樽は、トゥック川の岸辺においてあった。シャツの山を堤に投げだし、腕まくりをして、洗濯棒をふりあげた。洗濯物をたたく音が、よその庭にまで届くほど、高く響いた。牧草地はがらんとしていた。風でさざ波が立っていた。川底では、長い水草がゆらめき、流れにたゆたう水死体の髪の毛のようだった。フェリシテは悲しみをこらえた。夜までは、じつに気丈だった。だが、自分の部屋にもどると、布団に身を投げ、枕に顔をうずめ、こぶしで頭を押さえつけ、とめどない悲しみに身をゆだねた。

ずっと後になってから、ヴィクトールの最期のことを、船長の口からじかに聞かされた。

黄熱病にかかって病院に運ばれ、瀉血《しゃけつ》をされすぎたのだった。医師が四人がかりで体を押さえつけた。死ぬまでは早かった。すると医長が言った。

「やれやれ、またひとり死んだか！」

ヴィクトールは、生きているあいだ、両親からいつも邪険にされていた。フェリシテは、あのひとたちにはもう会わなくていい、と思った。向こうからも、なんの挨拶もなかった。忘れているのか、それとも、貧窮のあまり、心が硬く、冷たくなっていたのか。

ヴィルジニーはますます体が弱くなっていった。

息切れがして、咳き込み、高熱が続き、頬に浮かぶ斑点は、なにかもっと重篤な疾患が隠れていることを告げていた。プパール先生は、南フランスのプロヴァンスに転地をするように勧めていた。オーバン夫人もそうしようと決めた。ポン＝レヴェックの気候のことさえなければ、すぐにでも自宅に引き取ってしまいたかった。

オーバン夫人は貸馬車屋と話をつけて、火曜日ごとに修道院まで連れていってもらえるようにした。修道院の庭には、セーヌ河を見渡せる高台があった。ヴィルジニーは舞い落ちた葡萄の枯葉を踏みながら、母の腕にもたれてテラスを散歩した。ときおり、雲間から射してくる陽の光に、まぶしそうに眼をしばたたかせながら、遠くに浮かぶ帆船や、タンカルヴィルの城からル・アーヴルの灯台まで、ずっと続く地平線を眺めていた。休息をするのは、葡萄棚の木陰だった。母親は、上等なマラガ酒[24]の小樽を手に入れていた。ヴィルジニーは、酔っぱらっちゃうかも、と笑って、ほんの少しだけ飲み、それ以上は飲まなかった。

ヴィルジニーはふたたび元気になりはじめた。秋は何事もなく過ぎた。フェリシテ

24　スペイン南部、アンダルシア地方の港町マラガで造られる甘口の酒精強化ワイン。

はオーバン夫人に、もう安心ですねと言った。だが、ある日の夕刻、近所の用事から帰ってくると、プパール先生の二輪馬車が戸口に止まっていた。先生は玄関にいた。オーバン夫人は帽子のリボンを顎先で結んでいるところだった。

「足温器を持ってきて。お財布と、手袋も。ぐずぐずしないで！」

ヴィルジニーが肺炎を起こしたのだった。おそらく、もう、見込みはないだろう。

「まだ大丈夫だ！」と医師は言った。雪片が風に舞うなか、ふたりは馬車に乗り込んだ。もうすぐ夜が来ようとしていた。とても寒かった。

フェリシテは教会に走り、大蠟燭を灯した[25]。それから二輪馬車の後を追いかけ、半時ばかり走ったところで、ようやく追いついた。馬車の後部に身も軽く飛び乗り、撚り縄につかまったところで、はっと気がついた。「中庭の戸締りをしてない！ 泥棒が入りでもしたら！」フェリシテは馬車を飛び降りた。

翌日、夜が白みはじめると、すぐにプパール先生のところへ行った。先生はいったん帰ったのちに、また町を出ていた。誰かが手紙を届けにくるかもしれない、と思って、宿屋でしばらく待った。結局、日が昇る頃には、リズィユー行きの乗合馬車に乗り込んだ。

修道院は険しい小道をのぼりつめたところにあった。その道の途中で、異様な音が聞こえてきた。臨終を告げる弔いの鐘だった。「誰か別のひとが死んだのだ」と思った。フェリシテは手荒くドアノッカーを鳴らした。

何分もしてから、緩慢な、古靴を引きずるような足音がして、門が細く開かれ、ひとりの修道女が現れた。

シスターは厳粛な面持ちで「ちょうど今お亡くなりになりました」と言った。その時ちょうど、聖レオナール教会の二つ目の弔鐘が響いた。

フェリシテは自室にあがった。

部屋に入ろうとすると、あおむけに寝かされているヴィルジニーの姿が見えた。両手が組みあわされ、口は開いていた。頭は後ろにのけぞり、頭上には、黒い十字架がかしいでいた。ヴィルジニーの顔は、両脇のじっと動かないカーテンよりもなお蒼白に見えた。オーバン夫人は褥《しとね》の足元にすがりつき、息も絶え絶えに嗚咽《おえつ》をもらしていた。右側には、修道院長が立っていた。チェストの上では、三つの燭台が赤々と浮か

25　祈りを捧げるため。

び上がっていた。窓が霧で白くなっていた。修道女たちは、やっとのことでオーバン夫人を立ち上がらせた。

フェリシテは、二晩のあいだ、死者のそばを離れなかった。同じ祈りの文句を幾度も繰り返し、シーツに聖水をかけてはまた席に戻り、じっとヴィルジニーのなきがらを見つめていた。一日目の通夜が終わる頃、死者の顔色が黄ばんできていることに気がついた。唇は青みをおび、鼻はとがり、目は深く落ち窪んでいた。その目に幾度も接吻した。それでヴィルジニーがふたたび目を開けたとしても、フェリシテはさほど驚かなかっただろう。フェリシテのような魂の持ち主には、超自然の出来事も、ごく自然なことであった。ヴィルジニーの身を清め、屍衣《しい》に包み、棺に納め、頭に冠をかぶせてから、髪の毛を広げてやった。髪はブロンドで、その年頃の娘にしては、見事な長さがあった。フェリシテはその髪をざくりと一房切り取ると、半分をふところにおさめた。もう一生、この髪を手放すまい、と心に誓いながら。

遺体はオーバン夫人の望みどおり、ポン＝レヴェックへと運ばれた。オーバン夫人は、蓋《おお》いをおろした馬車に乗って、霊柩車の後を追った。

追悼ミサのあと、墓地までは、さらに四、五十分かかった。ポールが、むせび泣きながら、葬列の先頭を歩いた。その後ろにブーレ氏が続き、次に近隣の知り合い、黒いケープをまとった女たち、そしてフェリシテの順だった。フェリシテは、ヴィクトールのことを思った。あの子には、こんな立派な葬式もしてやれなかった。そう思うと、悲しみがひとしお深くなった。まるで、ヴィルジニーと一緒に、ヴィクトールも埋葬しているかのようであった。

オーバン夫人の絶望はとめどがなかった。

最初のうち、オーバン夫人は、神を呪った。わたしからあの子を取り上げるなんて、あまりにも不当である。いったいどんな悪いことをしたというのか。心の底まで、なにひとつやましいことはない。いや、しかし、あの子を南フランスに連れてゆかなかったのは、自分ではなかったか。もしも、別の医者に相談していたら、死ぬことはなかったかもしれない。オーバン夫人は、我が身を責め、娘のいるところへ自分も行きたいと願い、夜中に夢を見て苦しみの叫び声をあげた。幾度も繰り返し見る夢があった。水兵服を着た夫が、長い旅から戻り、ヴィルジニーを連れていくように命令を受けたのだと、涙を流して言う。そこでふたりはどこかに隠し場所はないかと相談しているのだった。

ある時、オーバン夫人が、すっかり取り乱した様子で、庭から入ってきた。今さっき、そこに（とその場所を指差した）あのひとと、あの子が、並んで現れたのだ。何をするでもなく、ただ、自分のことを、じっと見ていた。

何か月ものあいだ、オーバン夫人は完全に無気力なまま、部屋に籠もっていた。フェリシテは、諭すように、穏やかに話しかけた。奥さま、お坊ちゃまのためにも、お元気になられなくては。それに、お嬢さまご自身だって、きっと、そのほうが。

「ご自身？」オーバン夫人は、はっとしたように言った。「ああ、そうね、くれぐれも忘れないように、頼むわね」。墓地のことを言っているのであった。万が一のことがあってはならないからと、夫人は墓参りを禁じられていた。

フェリシテは、毎日、墓地に行った。

四時ちょうどになると、住宅街を抜け、坂を上り、囲いの柵を開けて、ヴィルジニーの墓まで行った。薔薇色の大理石でできた小さな円柱の碑と、平墓石からなる墓で、小庭は鎖で囲われていた。四辺の花壇には、花が咲き乱れていた。フェリシテは、その葉に水をやり、土を換え、奥までよく耕せるようにと、膝をついて仕事をした。やがてオーバン夫人も回復し、墓参りを許されるようになった。夫人はヴィルジニーの墓の様子を見ると、ほっとした気持ちになり、慰められるような気がした。

そして何年も過ぎた。どの年も似たり寄ったりで、恒例の祝祭日が毎年めぐってくるほかは、とくに目立ったこともなかった。復活祭が過ぎ、聖母被昇天の祝日が過ぎ、万聖節が過ぎた。[26] 屋敷で起こる小さな出来事は、年代を区切るものとして、あとから思い出すときの目じるしになった。たとえば一八二五年には、窓ガラス職人がふたり、玄関の漆喰を塗り替えた。一八二七年には、屋根の一部が中庭に崩落し、あやうく通行人がひとり命を失いかけた。一八二八年の夏は、聖なるパンを奉納する役割が奥さまにまわってきた。そして、ちょうどこの頃、理由はわからなかったが、ブーレが姿を見せなくなった。それから古なじみがひとり、またひとりとこの世を去っていった。ギュイヨ、リエバール、ルシャプトワ夫人、ロブラン。そして、夫人の叔父で、だいぶ前から中風で体がきかなくなっていたグルマンヴィル侯爵。

ある晩、郵便馬車の御者が、七月革命[27]が起こったことを、ポン゠レヴェックに知ら

26　どれもキリスト教の重要な祝日。「復活祭」の日付は年によって変わるが、三月から四月、「聖母被昇天の祝日」は八月十五日、「万聖節」はすべての聖人を祝う日で、カトリック教会では十一月一日。

せにきた。数日後には、新しい郡長が任命された。ラルソニエール男爵といって、かつてはアメリカで領事をしていた。奥さんのほかに、義理の姉と、もうかなり大きい三人のお嬢さんと暮らしていた。三人はふわりとしたブラウスを着て、よく芝生のところにいた。ほかには黒人奴隷がひとりと、鸚鵡《おうむ》が一羽いた。お嬢さんたちがオーバン夫人を訪ねてくることもあり、オーバン夫人も忘れずに彼女たちを訪問した。フェリシテは、どれほど遠くであっても、お嬢さんたちの姿を見かけたときには、走ってオーバン夫人に知らせにいった。だが、オーバン夫人の心を動かすことができるのは、息子からの手紙だけだった。

ポールはどんな職についても長続きしなかった。居酒屋に入り浸りで、オーバン夫人が息子のつけを払ってやっていた。母親に支払いを済ませてもらうと、また新たな借りを作った。窓際で編み物をしているオーバン夫人の深いため息は、台所で糸車を回しているフェリシテのところまで聞こえた。

ふたりは連れ立って、果樹の垣根に沿って散歩をした。話をしていると、いつもヴィルジニーのことになった。あの子がこれを見たら喜んだのではないか。こういうとき、あの子ならば、こんなことを言ったのではないか、きっと。

ヴィルジニーの持っていたこまごましたものは、ふたつのベッドが並ぶ小さな寝室の戸棚にしまわれたままだった。オーバン夫人はできるだけなかを見ないようにしていた。ある夏の日、とうとう観念して、そこを開けた。なかから、何匹かの小さな蛾が、ふわふわと飛び立っていった。

ヴィルジニーのワンピースは、棚板の下側に一列に吊られていた。三つの人形と、輪回し遊びの輪[28]と、ままごとの道具、いつも使っていた洗面器があった。オーバン夫人とフェリシテは、スカートと靴下とハンカチをとりだし、ベッドに広げて畳みなおした。持ち主がいなくなった衣類の上に、陽の光が降りそそぎ、わずかな汚れや、小さな染みを浮かびあがらせた。体の動きに沿ってできる皺や襞《ひだ》が、消えずに残ってい

27 一八三〇年七月二十七日から二十九日にかけてパリ市民が蜂起し、一八一五年以来の反動的な復古王政が倒された。「栄光の三日間」とも言われる。この市民革命により、シャルル十世が退位し、よりリベラルなオルレアン家のルイ＝フィリップが王位に就いた。

28 輪に棒の先をあて、輪を倒さないように転がしながら進む遊び。輪に溝があり、そこに棒の先をあてるタイプのものと、輪には溝がなく、ふたまたに分かれた棒の先を使って輪を転がすタイプのものがある。

た。空気は熱く、青かった。どこかでクロウタドリが囀《さえず》っていた。なにもかもが、深いやさしさのなかで息づいているようだった。ふたりは、ふかふかした毛足の長い、茶色のフラシ天の帽子に目をとめた。だが、もうすっかり虫に喰われていた。フェリシテは、この帽子をもらってもよいだろうかと訊ねた。視線を交わし合ううちに、ふたりの目から涙があふれた。ついに女主人が腕を広げ、召使いがその胸へと身を投げた。抱きしめあい、苦しみに押し流されるがままに接吻をかわしたときには、ふたりのあいだにもう身分の差はなくなっていた。

オーバン夫人はさばけた人柄ではなかったので、長年一緒に暮らしてはいたが、こんなことは初めてだった。フェリシテは、なにか恩恵でも受けたかのように、深く感謝し、以来、動物的なまでの一途さで、ほとんど宗教的な崇敬をもって、オーバン夫人をいたわるようになった。

フェリシテの心のやさしさはさらに多くのひとへと向けられた。

通りを行進する連隊の太鼓の音が聞こえると、林檎酒の甕《かめ》を持って戸口に立ち、兵隊たちに飲ませてやった。コレラにかかった人々の看病をし、[29]ポーランド人たちを援《たす》けてやった[30]。フェリシテを妻にしたいと申し出たポーランド人もひとりいた。だが、ふたりは喧嘩別れをすることになった。ある朝、フェリシテがお告げの祈りから帰ってくると、オーバン家の台所にその男が勝手にあがりこみ、牛肉の酢漬けをこしらえて、悠然と食していたのである。

ポーランド人たちのあとには、コルミシュ爺さんが続いた。爺さんは、一七九三年当時には、[31]ずいぶんと残虐なこともしたのだと言われていた。川べりにある崩れた豚小屋で暮らし、子供たちが壁の隙間からなかをのぞきこんでは、石を投げつけた。石つぶては、爺さんの粗末な寝床にばらばらと落ちていった。慢性カタルに苦しみ、髪は伸び放題で、瞼は炎症で腫れあがり、腕には、頭ひとつぶんもある、大きな腫れものをこしらえていた。フェリシテは、爺さんに下着を持っていってやり、あばら家の

29　一八三二年にコレラが流行したことがあった。
30　一八三一年に、ロシア帝国の支配に対するポーランドの武装蜂起が鎮圧されて以来、多くのポーランド人がフランスへと逃れてきていた。
31　フランス革命期、ルイ十六世の斬首ののち、恐怖政治がすすめられた年。急進革命派によって多くの人々がギロチンにかけられ、内戦はフランスの地方へも広がっていた。革命政府軍は反革命軍の鎮圧のために住民の無差別な虐殺もおこなった。

清掃に挑んだ。奥さまにご迷惑をおかけせずに、屋敷のパン焼き場に置いてやることはできないだろうか、と考えたりもした。腫れものの膿が出たときには、毎日包帯を替えてやり、焼き菓子を土産にしたり、藁の上で日光浴をさせたりした。哀れな老人は、よだれを垂らし、身を震わせ、消え入るような声で感謝の言葉を述べた。フェリシテを失うことを恐れるあまり、少しでもフェリシテが遠のくと、すがるようにして手を伸ばした。その爺さんも死んでしまった。フェリシテは、爺さんが安らかに眠れるように、ミサをあげてもらった。

その日、フェリシテに大きな幸福が訪れた。夕食のとき、ラルソニエール家の奴隷が、鸚鵡を籠に入れて持ってきたのである。止まり木と、鎖と、南京錠もついていた。男爵夫人からオーバン夫人への一筆箋によると、男爵が知事に昇進することになったから、今夜にも町を出る。どうか思い出がわりに、また敬意のしるしとして、この鳥を受け取ってほしい、ということだった。

この鸚鵡は、前々から、フェリシテの空想をかきたてていた。なにしろ、アメリカからやってきた鳥である。アメリカという響きは、ヴィクトールにつながっていた。そのため、この鳥のことをなにかと奴隷に訊ねていた。そしてある時「こんな鳥が家にいたら、奥さまもさぞ楽しいでしょうに」と言ったのだった。

そのフェリシテの言葉を、奴隷が女主人に伝えた。女主人は、いずれにしても連れていくことはできなかったので、こうして鳥を厄介払いしたのであった。

Ⅳ

鸚鵡《おうむ》はルルという名だった。羽毛は緑で、羽先は薔薇色、額は青く、胸は金色だった。だが、止まり木をかじるという困った癖があった。自分の羽根を嘴《くちばし》でむしり、糞《ふん》を散らかして、水をひっくりかえした。オーバン夫人はうんざりして、もう返さなくていいからと言って、鳥をフェリシテにやってしまった。

フェリシテは、鳥に言葉を覚えさせようとした。鳥はやがて繰り返すことができるようになった。「ステキナボッチャン！　カシコマリマシタ！　アヴェ・マリア！」ルルは、玄関扉の近くに置かれていたから、訪問客がみな話しかけた。ジャコ、ジャコ、と呼んでみても、いっこうに反応がないので、意外そうな顔をした。[32] 鸚鵡の名はいつだってジャコと決まっているものなのに。なんだい、こいつは七面鳥みたいにうすのろで、でくの坊だな、などと言った。そうした一言ひとことが、フェリシテには、短剣で突かれるようにつらかった。不思議なことに、ルルは、人に見られているときには、まったくしゃべろうとしないのだ。

そのくせ、人の集まるところに来たがる癖があった。たとえば日曜日、例のロッシュフイユのお嬢さまがたや、ウップヴィルの旦那や、新しい常連たち——薬剤師のオンフロワやヴァラン氏やマチュー船長——がカードをしにオーバン家にやってくると、ルルは硝子《ガラス》戸を翼でたたいて狂ったようにわめきたてた。客たちが会話を続けられないほどだった。

ブーレは、どうやらルルの目には、面白くてたまらない人物のようだった。ブーレの姿を見かけると、ルルはたちまち笑い声のようなけたたましい鳴き声をあげた。甲高い叫声が中庭いっぱいに響き渡り、いつまでもエコーが続いた。近所のひとが窓から次々と顔を出し、一緒になって笑った。ブーレはとうとう、鸚鵡に姿を見られないように、帽子で顔を隠すようになった。屋敷にやってくるときは、塀ぎわをすり抜け、いったん川べりまで出たうえで、裏の勝手口から入るのである。そんなわけで、ブーレが鸚鵡にむける視線には、やさしさというものがなかった。

ルルは、商品籠のなかに頭を突っ込んだために、肉屋の青年から、爪でこづかれたことがあった。それ以来、ルルのほうも、肉屋の青年が来たとみれば、シャツの上から嘴でかみつくようになっていた。青年はファビュという名で、おまえ、首をもぎ取られたいのか、などと言ったりしていたが、腕に入れ墨を入れ、ぼうぼうの顎鬚を生やしてはいたものの、残酷なことのできるたちではなかった。むしろ、反対に、鸚鵡のことを可愛いとすら思っており、面白半分に、悪態のつき方を教え込んだりするのだった。そんなことをされてはたいへんだ、と色をなしたフェリシテは、鳥を台所に移してしまった。ルルは、鎖もはずされて、家のなかを自由に飛び回るようになった。

階段を下りるときには、曲がった嘴をステップの角にひっかけ、右脚、左脚、と順に持ち上げるようにして下りた。こんな動き方をしていたら、めまいを起こすのではないかと、フェリシテは気が気でなかった。ルルは、病気になることもあった。しゃべることも、食べることもできなくなった。雌鶏もときおりかかる病気で、舌の裏に腫れものができたのだ。フェリシテは、薄皮を爪の先で掻き取って、治してやった。

32 「ジャコ」は、鸚鵡の代名詞のような典型的な名前。

ある日、若旦那のポールが、軽率にもルルの鼻先に煙草の煙を吹きかけたことがあった。またある時には、ロルモー夫人に日傘の先でからかわれ、先端の金具に喰ってかかった。そして、とうとうルルは、いなくなってしまった。

フェリシテがルルを風にあててやるために、草の上に出してやっていたときのことだった。ほんの束の間、その場を離れて、また戻ってきてみると、もうルルの姿はなかった。フェリシテは、まず藪のなかを探し、それから水際を探した。「気をつけて！ ちょっと！ 気は確かなの？」と叫ぶオーバン夫人の声に耳もかさずに、屋根の上も探した。それからポン＝レヴェックの庭という庭をくまなく探したあげく、道行く人々に「あの、もしかして、どこかで、うちの鸚鵡を見ませんでしたか」と訊ねてまわった。ルルのことを知らない人たちには、どんな姿で、どんな様子をしているのかも話して聞かせた。水車小屋の後ろの、斜面の下のところに、緑色をしたものが飛んでいるのが、ふいに目に入ったような気がした。だが、斜面の上まで行ってみると、もう、なにもいなかった。鸚鵡なら、さっき、サン＝ムレヌの、シモンのおかみさんの店で見かけたよ、と行商人が教えてくれた。フェリシテは走った。シモンのおかみさんの店のひとたちは、フェリシテが何を言っているものやら、さっぱり理解できなかった。とうとうフェリシテは、疲労困憊の末に、家へと帰りついた。古靴はすっかりぼろぼろになり、心のなかは真っ暗だった。女主人の傍らで、ベンチに腰をおろして、どこまで探しに行き、どれほど探しまわったのかを事細かに話していると、ふいに、肩の上に、軽やかにとまるものがあった。ルルだった！　一体、どこで何をしていたのだろう。きっと、そのあたりを、のんきに飛び回っていただけなのだろうけれど。

この事件で無理をしてからというもの、フェリシテはなかなか健康状態が戻らなかった。というよりも、そのまま二度と、快復することがなかった。

ひどい悪寒《おかん》が続いたのちに、扁桃炎にかかった。それから少したつと、耳が痛みはじめた。三年後には、耳が聞こえなくなっていた。大声で話すようになり、教会でも声を落とさなかった。フェリシテが告白する罪といっては、仮に教区の人々の話の種になったところで、本人の不名誉になるようなものではなく、誰が困るというものでもなかったが、それでも司祭は、フェリシテの聴聞については、今後は聖具納室でおこなうほうがよかろうと思った。

耳鳴りがひどくなり、フェリシテの意識は混濁した。女主人から「まったく！　なんて馬鹿なのかしら！」と言われると、「はい、奥さま」と答えて、一体何を取って差し上げたらよいのかと、自分のまわりを見回した。

フェリシテの頭のなかの狭い世界は、ますます狭《せば》まっていった。教会の鐘の音も、牛の鳴き声も、もう存在しないのと同じだった。命あるものはすべて、幽霊のように、音もなく動いていた。フェリシテの耳に届くものといえば、唯一、鸚鵡の声だけだった。

ルルはフェリシテの気をまぎらそうとするかのように、ロースト串の回転器がカチカチいう音や、魚売りの甲高い呼び声や、向かいに暮らす大工の鋸《のこぎり》の音などを真似た。玄関の呼び鈴が鳴ると「フェリシテ、デテチョウダイ」とオーバン夫人の真似をするのだった。

フェリシテとルルは会話をすることもできた。ルルが、お得意の三つのフレーズをうんざりするほど繰り返すと、フェリシテが言葉を返した。意味もつながりも何もない言葉だったが、その数語のなかに、ありったけの気持ちが込められていた。閉ざされた生活を送るフェリシテにとって、ルルは息子にも等しく、恋人といってもよかった。ルルはフェリシテの指の上をつたい、唇を軽くかみ、肩掛けに爪をからめた。

フェリシテが乳飲み子《ちのご》を抱きかかえるようにしてやさしくルルをあやすと、ボンネットの大きな縁飾りがルルの羽と一緒にゆれた。

雲が厚くなり、雷がごろごろと鳴りはじめると、ルルは大きな鳴き声を立てた。故郷の森の驟雨《しゅうう》を思い出すのだろうか。川のように溢れ流れる雨水を見るとひどく興奮し、天井に届くほど高く飛びあがったかと思うと、そこらじゅうのものを片端からひっくり返した。しまいには窓から庭へ飛び出し、泥水のなかではしゃぎまわった。そしてまたすぐに、薪をのせる台まで帰ってくると、両脚で跳ねて羽毛の水を切った。それから尾羽をふりあげ、嘴で身づくろいを始めるのだった。

一八三七年の冬は、厳しい寒さに見舞われた。ルルが寒がるといけないからと、フェリシテは、暖炉の前に鳥籠を置いてやっていた。ある朝、ルルは死んでいた。籠の真ん中で、首をうなだれて、針金に爪をかけて。熱さにのぼせたことが原因だろうか？　フェリシテは、あるいはパセリ中毒[33]かもしれないと思った。そして、なんの証拠もないのに、肉屋のファビュが犯人ではないかと疑った。

33　パセリは鸚鵡には毒になるとされる。

フェリシテの嘆きが度を越しているので、女主人は言った。「そんなに悲しいなら、剝製《はくせい》にしたらいいじゃないの」

フェリシテは、薬剤師のオンフロワに相談した。いつもルルにやさしくしてくれていたから。

薬剤師はル・アーヴルまで手紙を送ってくれた。その結果、フェラシェという名の男が、仕事を引き受けてくれることになった。だが、乗合馬車では、ときどき荷物が紛失することがある。フェリシテは、オンフルールまで自分の足でルルを届けることにした。

道の両側には、すっかり葉を落とした林檎の木が並んでいた。道の横の溝には氷が張り、牧場のまわりでは犬が吠えていた。ケープに両手をおさめ、黒い木靴に、買い物籠をさげて、フェリシテは足早に、敷石の真ん中を歩いていった。

森を抜け、オ・シェーヌを過ぎ、サン＝ガシアンに着いた。

くだり坂で勢いづいた一台の郵便馬車が、フェリシテの背後から、砂埃《すなぼこり》をあげて、猛烈な音を立てて近づいていた。女がなかなか脇へ寄ろうとしないのを見て、車掌は幌越しに立ち上がり、御者も大声で叫んだ。だが、四頭の馬の勢いはすでに止めようもなく、スピードはあがる一方だった。前の二頭がフェリシテの体をかすめた。御者は引き綱を思い切り引いて、馬を脇へ寄せた。だが、苛立ちにまかせて、腕を思い切り振り上げたはずみで、長い鞭がフェリシテの腹を、下から上に、一気にうなじまで直撃した。フェリシテは仰向けに昏倒した。

意識を取り戻したとき、真っ先にしたことは、籠のなかを確かめることだった。ルルは無傷だった。よかった！　右の頰が燃えているような感じがした。頰に手を当ててみると、真っ赤になった。血が流れていた。

フェリシテは道のわきの砂利の小山に腰をかけ、ハンカチを幾度も軽く押しつけるようにして、顔の血を拭いた。念のためにと合切袋《がっさいぶくろ》に入れてきた一かけのパンをかじった。ルルの姿を目に焼きつけて、痛みを我慢しようとした。

エクモヴィルの峠まで来ると、オンフルールの光が見えた。満天の星のように、町の灯《ひ》がきらきらと輝いていた。その向こうの海は、ぼんやりと霞んでいた。その時、ふいに心細さが込み上げてきた。つらいことばかりだった子供時代。ひどい終わりかたをした初恋。ヴィクトールの船出。ヴィルジニーの死。すべてが押し寄せる波のように、いっぺんに思い出されて、胸がしめつけられた。喉がつまった。

フェリシテは、船長に会って、直接話をしておこうと思った。運んでほしいものが何であるのかは言わずに、気を付けてほしい点だけをあれこれと頼んでおいた。フェラシェは長いあいだ、鸚鵡を返さなかった。催促をしてみても、来週までには、と、毎回同じことを言うのだった。六か月が過ぎると、箱詰めにして送った、と知らされた。それきり、音沙汰がなかった。ルルはもう二度と戻ってこないように思われた。「盗まれたんだ」とフェリシテは考えた。

だが、とうとうルルは届いた。それも、素晴らしく立派な姿で。マホガニーの土台にねじ止めされた木の枝の上にまっすぐに立ち、片脚を曲げて、首をかしげて、胡桃《くるみ》の実をくわえていた。胡桃は、剝製技師が派手好みであったのか、金色に塗られていた。

フェリシテは剝製を自分の部屋に置き、決して外にださなかった。

この部屋に人が通されることもほとんどなかった。信仰に関わる品々と雑多な品々がひしめきあう、礼拝堂あるいは雑貨屋のような部屋だった。

洋服ダンスが大きすぎるせいで、ドアの開閉がしづらかった。庭に面した屋根窓の反対側には、中庭に向いた丸窓があった。簡易ベッドの横のサイドテーブルには、水差しがひとつと、櫛が二本、ふちの欠けた皿には青い石鹸がのっていた。ロザリオやメダルが壁一面に掛かっており、聖母の肖像画は何枚もあった。椰子の実の殻でできた聖水皿があった。チェストは教会の祭壇のように白い布で覆われ、ヴィクトールにもらった貝殻の小箱が飾られていた。じょうろがあり、ボールがあり、文字の練習帳と版画入りの地図帳があり、編み上げ靴があった。鏡を打ちつけている釘には、あの小さなフラシ天の帽子がリボンで吊られていた。それらの品々に対するフェリシテの敬意は真剣そのものであり、旦那さまのフロックコートですら、捨てずに取ってあるのだった。オーバン夫人がいらないという古い品は、どんなものでも自分の部屋に持ってあがった。かくして、チェストの隅には造花が飾られ、屋根窓の内側の小壁には、アルトワ伯[34]の肖像画が掛けられることとなった。

ルルは、小さな板をあてがわれ、部屋に突き出した暖炉の囲いの上に置かれていた。毎朝、目を覚ますと、夜明けの光に包まれているルルが見えた。かつて一緒に過ごし

34 アルトワ伯は、シャルル十世の即位前の呼び名。七月革命（注27参照）で退位して以降、その肖像画はオーバン夫人にとって「古い品」になったということ。

た日々や、意味もないちょっとしたしぐさが、ひとつひとつ、細部にわたるまで思い出された。今では切なさはなく、静かな気持ちだった。

人と会話をすることもなくなり、フェリシテは夢遊病者のように、夢のなかで生きていた。だが、聖体祭の行列の時期になると、思い出したように生き生きとしはじめた。近所の家の扉を叩いては、通りに設置される仮祭壇を飾るために、マットや燭台を持っていないかと訊ねてまわった。

教会に行くと、フェリシテはいつも聖霊の図像を見つめていた。聖霊はすこしルルに似ていた。キリストの洗礼を表した一枚のエピナル画では[35]、その類似はいっそう明瞭なものに思われた。深紅の翼に、エメラルド色の羽毛。ルルに生き写しではないか。フェリシテはそのエピナル画を買いもとめ、アルトワ伯の肖像画と掛け替えた。すると、聖霊とルルが、いっぺんに眺められるようになった。フェリシテの頭のなかで、聖霊とルルが溶け合いはじめた。ルルは聖霊との類似から聖化された存在となり、聖霊もまたルルとの類似から、確かに息づく存在、自分にも理解できそうな存在となった。父なる神は、御言葉をお告げになるために、白鳩など選ばなかったのではないか。[36]なにしろ、白鳩では、しゃべることができないのだから。神さまは、本当は、ルルの祖先をお選びになったのだ。フェリシテは、聖霊の絵を見ながら祈りを捧げるようになったが、ときおり、ちらりちらりと、剝製の方にも顔を向けた。

フェリシテは、聖母マリアを讃える娘の会に入りたいと思った。オーバン夫人が思いとどまらせた。

たいへんな事件がもちあがった。ポールが結婚したのだ。

ポールは、公証人見習いをはじめとして、商取引、税関、税務署と、さっぱり腰が落ち着かず、しまいには営林署に入るための手続きすら始めていた。だが、とうとう三十六歳にして、「天職」ともいうべき道を発見した。登記所職員である！　ポールはこの職場でいかんなく才能を発揮した結果、登記簿の検査官が娘を嫁にくれることになり、後ろ盾になることも約束されたのだった。

ポールは素行《そこう》を改め、娘をオーバン家に連れてきた。

35 十九世紀に大量に生産されていた素朴で民衆的な色刷り版画。

36 キリスト教の教義「三位一体」では、「父なる神」「子なるイエス」「聖霊」の三つの位格は同一とされる。聖霊の働きのうちのひとつは、神の御心を人間に伝えることである。また、聖霊は伝統的に白鳩の図像で表される。

娘はポン＝レヴェックの風習を鼻で笑い、女王気取りで振る舞い、フェリシテに心ないことを言った。オーバン夫人は、娘が帰ったとたんに、一気に疲れが出るのを感じた。

次の週、ブーレ氏がバス＝ブルターニュの宿屋で死亡したという知らせが届いた。自殺だったという噂が流れ、それが事実であることが判明した。彼が廉直な人間であったのかどうかも疑わしくなってきた。オーバン夫人は、これまでの会計報告を確認した。たちまちにして真っ黒な遣《や》り口が次々と浮かび上がってきた。延滞金の横領、森林売却の隠匿、領収書の捏造、等々。そのうえ、私生児をひとりもうけていたことや「ドズユレに暮らすある女性と深い仲」にあったこともわかった。

こうした破廉恥を知ったオーバン夫人の落ち込みようは、ひととおりではなかった。一八五三年の三月には、肺に痛みが走るようになった。舌全体が白い苔に覆われ、蛭《ひる》で吸い出しても呼吸の苦しさがおさまらなかった。九日目の晩、オーバン夫人は息を引き取った。七十二歳になったばかりだった。

褐色の頭髪を美しく保っていたので、もっと若いのかと思われていた。真ん中で分けた髪が色白の顔を縁取り、肌には天然痘の痕《あと》が残っていた。夫人の死を惜しむ友人は、ほとんどいなかった。物腰に高慢なところがあったために、誰もがだんだんと離れていったのだ。

　夫人を失ったフェリシテは泣いた。主人を失った召使いの嘆きをはるかに超えて泣いた。奥さまが自分よりも先に死ぬなどということは、なにかがおかしいのであって、とうてい受け入れることのできない奇怪千万なことであった。なにをどう考えたらよいのか、わからなかった。

　遺産相続人たちが到着したのは、十日後だった（ブザンソンから駆けつけたため）。嫁は引き出しのなかを引っかきまわし、好きな家具を選び出し、気に入らない家具を売り払った。そしてまた登記所へと帰っていった。

　奥さまの肘掛け椅子が、奥さまの飾り台が、奥さまの足温器が、八脚そろいの椅子が、もう、どこにもなかった。版画もことごとく取り外され、壁には額の跡だけが、黄色く、四角く残っていた。二台の子供用ベッドも、マットレスと一緒に持ち去られた。クローゼットをあけると、ヴィルジニーの持ち物は、もうなにひとつ残っていなかった。フェリシテは、めまいのような悲しみにおそわれて、よろよろと階段をあがっていった。

翌日になると、門扉に貼り紙がされていた。屋敷が売りに出されることになったんだよ、と耳元にどなるようにして、薬剤師のオンフロワが教えてくれた。

ぐらりと体が傾いた。どこかに座らないではいられなかった。

一番悲しかったのは、自分の部屋を出なければいけなくなることだった。かわいそうなルルにとって、あんなにちょうどいい部屋はないのに。フェリシテは、つらさをいっぱいに湛《たた》えた瞳で、包み込むようにしてルルを見つめ、聖霊に加護をもとめた。鸚鵡の前に跪《ひざまず》き、祈りの言葉を唱えるという偶像崇拝が習慣になった。小窓から射す陽の光が鸚鵡のガラスの目に反射し、その目からほとばしるまっすぐな光のなかで、フェリシテは恍惚とした。

フェリシテには、オーバン夫人から遺された三百八十フランの年金があった。食べるには庭の野菜があったし、衣類についても、死ぬまでに着るぶんくらいはありそうだった。灯りを節約するために、日が落ちる頃には床についた。

外出をすることもほとんどなかった。外にでれば、古道具屋の店先でオーバン家の家具が売られているのを目にすることになるからだった。馬車の一件で昏倒して以来、片足を引きずるようにもなっていた。いよいよ体力が衰えてからは、小間物屋で身代をつぶしたシモンのおかみさんが毎朝やってきて、薪を割り、ポンプで水汲みをしてくれるようになっていた。

目も弱くなった。鎧戸《よろいど》が開けられることがなくなり、何年もたった。屋敷の借り手はおらず、買い手もつかぬままだった。

修繕を頼んだりすれば、それがきっかけで追い出されることになるかもしれない、と考え、フェリシテは一切をそのままにしておいた。屋根の小幅板《こはばいた》が腐っており、冬のあいだじゅう、フェリシテの長枕[37]は湿っていた。復活祭を過ぎた頃、フェリシテは血を吐いた。

医者を呼んでくれたのは、シモンのおかみさんだった。フェリシテは、なんの病気なのか知りたがった。だが、耳が遠くてよく聞こえず、「肺炎」という言葉だけが、かろうじて聞き取れた。肺炎ならば、知っている。フェリシテは穏やかな声で言った。「そんなら、奥さまとおんなじだ」。女主人と同じ道を行くならば、自然の理《ことわり》と思われた。

37　ベッドの幅と同じ長さのある円筒形の細長い枕。

仮祭壇の時期がまた近づいてきた。

毎年、一つ目は丘のふもと、二つ目は郵便局の前に決まっていたが、三つ目の仮祭壇は、どこかその中間に設けられていた。三つ目をどこにするかについては、教区の奥さまがたのあいだで奪い合いがあった。話し合いが続いた結果、オーバン家の中庭にすることで決着がついた。

フェリシテは日に日に呼吸が苦しくなり、熱もひどくなっていった。仮祭壇のためになにひとつできないことが残念でならなかった。せめて、なにか捧げることくらいはできないだろうか。そこで、思いついた。鸚鵡《ルル》はどうだろう。近所の女たちは、そんなものは仮祭壇に供えるものではないといって反対をしたが、司祭は、かまわないから、と許可を出した。フェリシテの喜びはひとしおで、どうか自分が死んだら、自分のたったひとつきりの財産であるルルを、ぜひ受けとってほしいと司祭に告げた。

聖体祭の週がくると、火曜日から土曜日にかけて、フェリシテの咳はひどくなっていった。土曜日の晩には、顔がこわばり、唇が歯茎に張りつき、嘔吐が始まった。

翌日、聖体祭の日の明け方、フェリシテは、もうこれ以上はもたない、と感じ、司祭を呼んでもらった。

終油の秘蹟[38]には、三人のおかみさんが立ち会った。フェリシテは、肉屋のファビュに言わなければならないことがある、と言った。

ファビュは、祝日用の正装姿でやってきた。皆が神妙な顔をしているので、どう振る舞ってよいのか戸惑っていた。

「許してちょうだいね」と、力なく手を差し伸べながら、フェリシテは言った。「わたし、あんたが殺したんだと、ずっと思っていたの」

いったいなんということを言いだすのか！　まさかこの俺が、どこの誰を殺したというのか！　ファビュは憤慨し、ひと悶着《もんちゃく》起こしかけた。――「まあまあ、見ての通り、このひとはもう正気じゃないんだから」

フェリシテは、ときおり、何か見えないものに向かって語りかけていた。修道女たちが帰っていった。シモンのおかみさんは朝食を食べにいった。

シモンのおかみさんは、仮祭壇からルルを持ってくると、フェリシテの顔のそばに

38　カトリック教会における七つの秘蹟のひとつ。臨終を迎えた信者のためにおこなわれる塗油の儀式。

近づけてやった。

「さ、お別れをしてやりなさいな」

剝製にされてはいたが、もはや虫が喰って、ぼろぼろになっていた。片羽がもげ、腹からはおがくずがこぼれていた。だが、目の見えないフェリシテは、ルルの額にキスをすると、じっとそのまま頰に抱いていた。シモンのおかみさんは、ふたたびルルを預かると、仮祭壇へ置きにいった。

V

牧草が夏の匂いを運んできた。蠅が飛び回る鈍い音がしていた。川は陽をうけて輝き、屋根のスレートは温められていた。シモンのおかみさんは、フェリシテの部屋に戻り、うとうとしていた。

鐘の音で目をさました。晩の祈りから人々が帰ってくる時間だった。フェリシテのうわごとはおさまっていた。フェリシテは、聖体行列のことを思った。自分も行列に参加しているかのように、はっきりとその光景が目に浮かんだ。

学校に通う子供たち全員と、聖歌隊と、地区の消防隊が、歩道を練り歩いていた。通りの真ん中を先頭切って進むのは、矛槍《ほこやり》をかついだ教会の警護員。大きな十字架を捧げもつ教会の雑用係と、腕白な男の子たちを監督する教師たち、女の子たちを見守る修道女たちが続く。いとも可愛い三人の少女が、天使のようなふわふわの髪の毛をなびかせて、薔薇の花びらを空中に撒き散らしている。助祭は、腕をひろげて楽隊を指揮していた。振り香炉[39]を持つふたりの少年は、ひと足歩くごとに、聖体顕示台[40]の方へと顔を向ける。四人の教区委員が、真っ赤なベルベットの天蓋を四隅から捧げ持ち、その下では、美しい袖なしの羽織を着た司祭さまが、聖体のおさめられた顕示台をかかげている。両脇の家々の塀は白いクロスで覆われ、そのあいだを、人々の波が押し寄せるように続いている。こうして、行列は、丘のふもとまで到着した。

フェリシテは、冷汗がこめかみを濡らすのを感じた。シモンのおかみさんは、いつかは自分もいく道なのだと思いながら、リネンで汗を拭いてやった。

39　三本の細い鎖で吊られた金属製の香炉。持ち手がついており、振りながら歩くと香の煙が周囲に広がる。

40　光を放つ日輪に支柱がついた聖具。日輪の中央に聖体（丸く薄い無発酵パン）をおさめる。

群衆のどよめきがだんだん大きくなり、ひときわ高まったかと思うと、また遠ざかっていった。

一斉射撃の音がして窓ガラスが震えた。御者たちが聖体顕示台に敬意を捧げたのだ。フェリシテは視線を泳がせながら、やっとしぼり出すような声で「あの子は大丈夫かしら?」と言った。鸚鵡のことを心配していたのだ。

断末魔の苦しみが始まった。喘ぎ声がしだいにせわしくなり、あばら骨が突き上げられる。口の端に泡があふれ、全身が震えだした。

やがて、吹き鳴らされるオフィクレイド[41]の音が深々と響いた。子供たちの高く澄んだ声と、男たちの太い声が近づいてくる。ときおり、そのどれもがひっそりと静まると、撒き散らされた花びらにやわらげられた人々の足音が、芝生をわたる羊の群れの足音のように聞こえてくる。

聖職者が中庭に到着した。シモンのおかみさんが椅子の上にのぼって、丸窓から仮祭壇を見下ろした。

祭壇は英国刺繡をほどこされたレース布で覆われ、緑の葉飾りが掛けられていた。中央には聖遺物を入れた小さな額があり、隅には二本のオレンジの木が飾られていた。

祭壇の周りには、銀の燭台と陶器の花瓶が列をなし、ひまわり、百合、牡丹、ジギタリス、紫陽花《あじさい》の束が咲きこぼれていた。その目も綾《あや》な色彩の洪水は、祭壇の最上段から斜め下に流れ落ち、敷石に敷いた絨毯にまで続いていた。人の目を引く珍しい供え物もあった。すみれの冠を頂く金めっきの砂糖つぼ。苔の上で光るアランソン石の瓔《よう》珞《らく》。[42] 風景画のほどこされた絹布のついたて。そして、ルルがいた。薔薇の花のなかに埋もれたルルは、瑠璃のかけらのような碧《あお》い顔だけをわずかにのぞかせていた。

教区委員と聖歌隊と子供たちが、中庭を三方から囲むように並んだ。司祭はゆっくりと段を上がり、輝く金の大日輪の聖体顕示台を、レースの上に置いた。全員が跪いた。あたりがしんとなった。振り香炉が鎖をすべりながら勢いよく揺れた。

香炉の青い煙が、フェリシテの部屋までのぼってきた。フェリシテは鼻孔を上に向け、神秘的な官能にひたされながら、それをかいだ。瞼を閉じ、口元に微笑《ほほえ》みを浮か

41 サクソフォンやテューバの先祖ともいわれる低音域の出る金管楽器。十九世紀初めに考案され、二十世紀初期まで聖歌隊の伴奏や軍楽隊で用いられた。

42 アランソン石は「アランソンのダイヤモンド」と呼ばれる、鉛を多く含んだ透明な水晶ガラス。瓔珞は、宝石を連ねた首飾りや腕輪などの装飾品のこと。ここでは、しずく状の垂れ飾り。

べた。心臓の鼓動は、少しずつゆっくりになり、一打ちするごとに弱く、水が止まる直前の噴水のように、穏やかになっていった。木霊《こだま》が消えていくときのようだった。最後の息を吐き出した瞬間、フェリシテは、空が開かれてゆくところを見たように思った。そこには、とほうもなく大きな鸚鵡が、自分を包み込むようにして、羽を広げていた。

聖ジュリアン伝

I

ジュリアンの両親は、丘の中腹にある、森に囲まれた城に住んでいた。城の四隅には尖塔が伸び、屋根はうろこ形の鉛瓦で葺《ふ》かれていた。城壁の土台は、堀の底まで嶮《けわ》しく切り立った岩盤に据えられていた。

中庭の敷石は、教会の床石のように清潔だった。長く伸びた雨樋は、口を下にした竜を象《かたど》っており、そこから吐き出される雨水が天水桶へと流れこんでいた。どの階の窓際にも、彩色陶器の鉢が飾られ、バジリコやヘリオトロープが花を咲かせていた。

堀の外側には、第二の防壁として、木の杭がめぐらされていた。その一番内側には果樹園があり、果樹園の周りには花々の組み合わせで飾り文字[1]を描きだした花壇が、さらにその周りには、蔓《つる》植物をはわせた格子棚が続き、ところどころでトンネルが涼しい木陰をつくっていた。小姓たちが気晴らしをするためのペルメル[2]の球戯場もあった。杭の囲いの外側には、猟犬の小屋、馬小屋、パン焼き場、葡萄の圧搾小屋、物置小屋が並び、そのさらに外側には、一面の牧草地が広がっていた。そして、牧草地が尽きるところに、茨《いばら》の生垣が厚く張りめぐらされていた。

平和な時代があまりにも長く続いたために、城門の落とし格子は引き上げられたままになっていた。堀には草が生い茂り、銃眼のくぼみには雲雀《ひばり》が巣をかけていた。射手は、日がな一日幕壁《まくかべ》[3]の上をぶらついていたが、日差しが強くなるとすぐに望楼《ぼうろう》の中に引きこもり、僧侶のように眠りこむのだった。

城の中では、扉の鉄具がつややかに輝いていた。寝室は、綴れ織りの壁掛けによって寒さから守られていた。戸棚にはたっぷりのリネン類が並び、蔵には葡萄酒の大樽が山と積まれていた。オーク材の金庫は、金貨の袋の重みで軋《きし》むほどだった。

武具の並ぶ部屋には、連隊旗、野獣の頭の剥製、あらゆる時代あらゆる国の武器が並んでいた。アマレク人の投石器、ガラマンテス人の銛《もり》、サラセン人の短剣に、ノルマン人の鎖帷子《くさりかたびら》まであった。[4]

厨房の大串は、牛一頭を回しながら焼くことができた。礼拝堂は王の祈禱室のよう

1　城主や家名の頭文字（イニシアル）を紋章のようにあしらった組み合わせ文字。
2　中世よりヨーロッパでおこなわれていた打球戯で、クロッケーやゴルフの前身となった。
3　塔と塔、堡塁と稜堡をつなぎながら、城塞を包囲する防御壁のこと。

に壮麗だった。敷地の隅には、ローマ式の蒸し風呂まであった。だが、心正しき領主は、蒸し風呂は偶像崇拝をおこなう異教徒の風習だからと、使ってはいなかった。

領主はいつも狐の毛皮の外套を着て、城の中を見まわっていた。臣下たちのもめ事をとりなし、近隣に住むものたちの争いをしずめた。冬のあいだは、降りしきる綿雪を眺めていた。時には物語を朗読させた。寒さがゆるみはじめると、さっそく騾馬《らば》にまたがって小道をぬけ、青々とした麦の穂が揺れるなかを進んでいった。村民たちと語りあい、助言を惜しまなかった。多くの女性たちとの恋物語があったが、最後には、ある高貴な家柄の令嬢を妻にした。

ぬけるように白い肌をして、少しばかり気位が高く、生真面目なひとだった。ぴんとたった被り物《エナン》の両の角《つの》は、戸口のまぐさ石[5]に届かんばかりで、金襴《きんらん》のドレスの裾は、三歩後ろまで引かれていた。家政のことも、修道院の内部のように、隅々まで律していた。朝になると、召使いたちに一日の仕事を割り当て、砂糖漬けの出来や香油の具合を確認するのだった。自分でも錘《つむ》に糸をかけ、祭壇布に刺繍をした。やがて、神への一心の祈りが通じ、ひとりの男の子を授かった。

誕生の祝いには、盛大な宴が開かれた。饗宴は三日と四晩続いた。かがり火が赤々と灯され、竪琴がかき鳴らされ、木の葉がたっぷりと撒き敷かれた。めずらしい異国の香辛料が供され、羊と見まがうほどに立派な雌鶏がふるまわれた。余興には、肉のパイ包みの中からひとりの侏儒《こびと》が登場した。祝い客は引きも切らず、盃が足りなくなり、角笛や鉄兜にまで酒が注がれた。

お産を終えたばかりの母親は、祝いの席に顔を出さなかった。床についたまま、安静にしていたのである。ある夜、ふと目が覚めると、窓から射しこむ月明かりの中に、なにか影のように動くものがあった。見れば、粗末な修道服を着た老人である。ロザリオを脇にさげ、肩に合切袋《がっさいぶくろ》をかついでいる。明らかに隠者とみえる。枕元までやってきたかと思うと、唇をぴくりとも動かさずにこう告げた。

「喜びなされ。母となりし者よ。汝の息子は聖人となるであろう」

4 アマレク人はユダヤの民と敵対していたアラビアの民。ガラマンテス人はリビア奥地に住み、獰猛なことで知られていた北アフリカの民。サラセン人は中世ヨーロッパにおけるイスラム教徒の呼称。ノルマン人は北方起源のゲルマン人で、八世紀以降ヨーロッパ各地を侵略した。これらの民はみな、聖書の神に敵対的であったことが共通する。

5 扉や窓の上部に渡された石の部材のこと。

思わず声をあげそうになった。だが老人は、月光の上を滑るようにゆっくりと天に昇ってゆき、そのまま見えなくなった。饗宴の歌声がひときわ高くなった。天使たちの声が聞こえた。母親は頭をまた枕に預けた。頭上の壁には、赤い柘榴石《ざくろいし》の額に入った殉教者の聖遺骨が飾られていた。

翌日、召使いたちに訊ねてみても、隠者を目にしたという者はいなかった。夢か現《うつつ》か、いずれにせよあれは、天からのお告げであったのだろう。だが母親は、誰にも、何も言わずにおいた。思い上がりと咎《とが》められたくなかったからである。

宴の客たちは、明け方に帰っていった。ジュリアンの父は、最後の客を見送った時、地下壕に通じる隠し扉の前に立っていた。そのときふいに、霧の中からひとりの物乞いが現れた。長い髭を編み、両腕に銀の腕輪をはめたジプシーである。瞳を炯々《けいけい》と輝かせ、霊感に打たれたように、とぎれとぎれに言葉を発した。

「おお、おお、汝の息子は……。おびただしい血……。大いなる栄光……。幸多き生……。皇帝の一族」

そう言って、城主の投げたお布施を拾うために身をかがめると、叢《くさむら》にまぎれて、そのまま忽然と消えてしまった。

城主は左右を見まわして、声を限りに男を呼んだ。誰もいない。風だけが音をたてて吹きわたっていた。朝霧が晴れていった。

あのようなものを目にしたのは、眠りがたりずに頭が疲れていたせいだろう、と城主は考えた。「人に話してみたところで、きっと馬鹿にされるだけだ」と思った。だが、我が子がたどるという栄光の運命には、目が眩《くら》む思いがした。もっとも、何が約束されたのかもはっきりとせず、そんな言葉を本当に聞いたのかどうかも、今ではわからなくなっていた。

夫婦は互いに自分の身に起きたことを隠し合った。だが子供には、ふたりとも、いずれおとらぬ愛情を注いだ。この子には神さまの徴《しるし》がついていなさるのだ、と思うと、幼な子へのふたりの気遣いは、とどまるところを知らなかった。小さなベッドには一番やわらかな羽毛がふんだんに詰め込まれ、白鳩の形をした吊りランプには油が切らされなかった。三人の乳母がかわるがわるに赤子をあやした。産着にしっかりとくるまれ、薔薇色の肌をした青い目の幼児は、錦糸刺繍のコートをはおり、真珠に飾られた丸帽子をかぶると、幼な子イエスに見えた。ただの一度も泣かないうちに、歯が生えそろった。

七歳になった時、母親が歌を教えた。父親は息子を勇敢に育てようと思い、立派な馬の背に乗せた。子供は少しも怖がらず、にっこりと笑った。そして、軍馬に関するすべてを、またたくまに習得した。

深い学識のある老僧が、聖書とアラビアの算術とラテン語を教えた。犢皮紙《とくひし》に可愛らしい水彩画を描くための手ほどきもした。ふたりは高い塔の上で勉強をしていたので、外の物音も聞こえてこなかった。勉強がすんでしまうと、ふたりは庭へ降りてゆき、散歩をしながら草花のことを学んだ。

ある時、東洋風の身なりをした男が長い家畜の列を引き連れて、谷底を進んでゆくのが見えた。城主は男が商人であることを見て取ると、従者を使いに出した。異国の男は、使いの者を信頼し、城に立ち寄ることにした。男は応接の間に通されると、葛籠《つづら》から、天鵞絨《ビロード》、絹の織物、金銀細工、香料、使いみちのよくわからない風変わりな品々を次々と取りだしてみせた。そして最後には、どのような手荒な仕打ちを受けることもなく、大変な儲けを手にして、城を後にしたのだった。また別の時には、巡礼者の一行が城門を叩いたことがあった。暖炉の火の前で、彼らの濡れた服からは、湯気がたちのぼっていた。一行は、ひとたび胃の腑が満たされると、巡礼の旅の話をしてくれた。帆船で泡立つ海を越え、危険をくぐり抜けた時のこと。灼熱の砂の上をどこまでも歩いたこと。異教徒の残忍さ。シリアの洞窟。キリストの生地とエルサレムの聖墓。話を終えると、施しを受けた礼として、めいめいがコートに縫い付けられていた貝殻を外して、幼いジュリアン領主に差し出した。

城主はよく、かつての戦友たちを招いて、饗宴をひらいた。酒を酌み交わしながら、遠い日の戦闘の思い出話をし、弩砲《どほう》を轟かせての城攻めや、目を覆うばかりの手傷《てきず》のことを語り合った。ジュリアンは男たちの話を聴きながら、感嘆の叫び声をもらした。父親は、息子がゆくゆくは覇者になるものと信じて疑わなかった。だが、夕方になり、お告げの祈り《アンジェラス》を済ませて教会を出ると、ジュリアンは施しを乞う貧者たちの前を通る際に、じつに慎ましく、じつに高貴な態度で、腰に下げた巾着の中のものを取りだすのだった。それを見た母親は、息子はゆくゆくはきっと大司教になるのだと思うのだった。

礼拝堂でのジュリアンの席は、両親の隣だった。どんなに長くミサが続いても、祈禱台に膝をつき、両手を組み合わせ、縁なし帽を床に置いたまま、姿勢をくずすことがなかった。

ある日、ジュリアンがミサの途中でふと顔を上げると、白い二十日鼠《はつかねずみ》が壁の穴から出てくるのが見えた。鼠は、祭壇の最下段をすばしこく走ったかと思うと、二、三度、行ったり来たりし、また元と同じ穴に姿を消した。次の日曜日、またあの鼠がいるかもと考えると、ジュリアンの心は乱れた。鼠はまた出てきた。ジュリアンは日曜日ごとに鼠を待つようになった。鼠のために気が散ってならず、ついには鼠を憎むようになった。やがて、ひと思いにかたをつけてしまうことに決めた。

そこでまず、礼拝堂の扉を閉めきり、段の上に菓子のかけらを撒いて、穴の横にかがみ、棒を構えた。

しばらくのあいだそうして待っていると、やがて、ピンクの鼻先が覗き、それから全身が現れた。ジュリアンは軽い一撃を与えた。そして、微動だにしなくなった小さな体を前にして、長いこと茫然としていた。一滴の血が、床石にしたたっていた。その血をさっと袖口で拭き取ると、鼠を外に捨てた。そして、そのことを誰にも話さなかった。

菜園の穀物をついばみに、多くの小鳥がやってきていた。ジュリアンは葦の茎の空洞に豆を詰めて吹くことを思いついた。木陰から囀《さえず》りが聞こえると、そっと近づいて吹管《すいかん》を取りだし、頰をふくらませた。小鳥たちは次から次に、雨のように、ジュリアンの肩へと落ちてきた。あまりにもどっさり捕れるので、ジュリアンはなんという良い方法を思いついたのだろうと、笑いを抑えることができなかった。

ある朝、幕壁を通って部屋へ戻ろうとすると、城壁の縁に、一羽のよく肥えた鳩が胸を反らせ、陽を浴びているところが目に入った。ジュリアンは足をとめ、じっと目を凝らした。あたりの壁には亀裂があり、指で探ると、すぐに石の破片に行きあたった。ジュリアンはぐるぐると腕を回した。石は命中した。鳩は大きな塊となって、堀へと落ちていった。

ジュリアンは堀の底へと駆け降りてゆき、藪でかすり傷をつくりながら、若い猟犬よりも俊敏にあたりを探し回った。

鳩は、イボタノキの枝にひっかかっていた。翼が折れて、ぴくり、ぴくり、と震えていた。

死にきっていない様子を見ると、ジュリアンはかっとなった。鳩の喉を締めつけにかかった。鳩が痙攣すると、ジュリアンの胸はどきどきと高鳴った。熱くたぎる猛々しい官能が全身を満たしていった。最後の瞬間に鳩が体を硬直させると、ジュリアンは気が遠のくのを感じた。

その日の晩餐の際、父親が、ジュリアンももう狩猟の仕方を覚える年頃だと告げた。そして、一冊の古い文書を取りだしてきた。狩猟に関するありとあらゆる手管《てくだ》が、問答形式で詳述された、師から弟子への手引き書であった。猟犬をしつけるための手順、ハヤブサを飼い慣らして仕込む方法、罠の仕掛けかた、鹿の糞や、狐の足あとをいかにして見分けるか、狼は糞をした後に後ろ脚の爪で地面を掻きあげること、獣の通り道を見抜くための秘訣、いかに獲物を巣穴から駆り立てるか、巣穴は通常どこにあるか、風向きがもっとも好ましいのはいつか、掛け声の一覧、猟犬に分け前を与える決まりについて。

ジュリアンがすべてを諳《そら》んずることができるようになると、父親は息子のために猟犬の一群をととのえてやった。

まずは、北アフリカ産のグレーハウンドを二十四匹。ガゼルよりも敏捷だが、猛り狂えば容赦がない。そして、ブルトン種のつがいを十七組。褐色に白い斑《ぶち》が飛び、獲物を逃すようなことはなく、胸厚で、見事な遠吠えをする。イノシシ狩りのためには、逃げまどう獣の奇襲にそなえて、熊のように強《こわ》い毛をした四十匹のグリフォン種を用意した。韃靼《だったん》産のマスチフはロバほどの体高があり、焔《ほむら》の毛色にがっしりと張った肩、それに強直な脛《すね》を持ち、野牛を追うのに最適だった。スパニエルの漆黒の被毛は繻子《しゅす》のように艶光《つやびか》りし、トールボットの甲高い鳴き声は、ビーグルの吠え声に劣らぬほどだった。隔離用の中庭では、鎖をじゃらつかせながら、爛々《らんらん》と目を光らせた蛮族アラニの闘犬八匹が唸りをあげていた。騎士の腹を喰い裂き、獅子をも畏《おそ》れぬという、感嘆すべき獣であった。

どの犬もみな、小麦のパンを食べ、石の飼い桶から水を飲み、響きのよい名前をつけられていた。

だが、鷹狩り団の見事さは、この猟犬団をすら凌ぐものだったかもしれない。城主は財力にものを言わせ、コーカサスから雄のハイタカ、バビロニアからワキスジハヤブサ、ドイツから白ハヤブサ、遠い異国から寒い海岸の断崖で捕らえたハヤブサを次々と買い求めた。猛禽たちは藁葺《わらぶ》きの小屋で飼われ、体の大きさごとに止まり木につながれていたが、止まり木の前には芝の小山が用意され、時おり、運動のためにそこへ放されていた。

袋網が編まれ、罠が張られ、落とし穴が掘られ、ありとあらゆる道具が作製された。野遊びの際には、よく鳥狩り用のセッター犬が連れ出された。セッターが獲物に感づいてさっと足を止めると、猟犬係が一歩、また一歩と、身じろぎひとつせぬ犬たちの体の上に、慎重に大網を張りめぐらせる。しかるのち号令が発され、犬たちが吠えたてると、鶉《うずら》たちが次々と飛び出してくるのだった。夫君に同伴したご婦人がたも、子供たちも、侍女たちも、その場にいたものたちは一斉に駆け寄り、誰もがやすやすと鶉を捕らえることができた。

また別の時には、兎を巣穴から追い出すために、太鼓が連打された。落とし穴が狐を捕らえ、強力なばねじかけの罠が狼の脚をはさんだ。

だがジュリアンは、こうした他愛《たわい》もない仕掛けをさげすんでいた。人里離れたところへと駆けてゆき、馬とハヤブサで狩るほうがよかった。伴《とも》にするのはたいていいつも、雪のように真っ白なスキタイ産の大ハヤブサだった。羽根飾りのついた小さな革の兜をかぶり、碧《あお》い脚には金の小鈴がゆれている。疾駆する馬の上で、平原の風景が飛ぶように過ぎてゆくときにも、主人の腕にしかと足を踏んばっていた。ジュリアンが足の繋ぎを外し、ぱっと空に放つと、この勇猛な捕食者は、矢のごとく一直線に、天高く昇ってゆく。やがて大きさの違うふたつの点が宙を飛び交い、ひとつにもつれ合ったかと思うと、紺碧の深みへと見えなくなる。やがて時をおかずして、獲物を切り裂きつつ、ハヤブサが革手袋の上へと舞い戻ってくる。翼をわずかに震わせながら。

こうしてジュリアンは、サギや、トビや、カラスや、ハゲワシを狩った。

ジュリアンは、喇叭《らっぱ》を吹き鳴らしながら、犬を追って丘陵地帯を駆けるのが好きだった。小川を飛びこえ、森へと駆け上った。咬み傷を受けた鹿が細い声をあげると、手際よく息の根を止めた。皮がついたままのまだ湯気の立つ肉片を切り分けてやり、それをマスチフ犬たちが狂ったようにむさぼる様子を愉しんだ。

霧の深い日には、沼地に踏み入り、アヒルや、カワウソや、年若い野鴨を狙った。

夜明けにはもう、三人の侍臣が、正面扉の前で待っていた。塔の小窓からは、老僧が身を乗り出して、ジュリアンを呼んでいた。だが、どれほど呼んでも、ジュリアンは振り返らなかった。炎天下でも、雨でも、嵐でも、ジュリアンは狩った。泉の水を手に受けて飲み、馬を走らせながら野生の林檎をかじった。疲れた時には、楢《なら》の木に身を寄せて休んだ。家に帰るのは夜も更けてからだった。服は血と泥に覆われ、髪には草木の棘がつき、体からは野獣の匂いがしていた。母が接吻を与えると、冷ややかにそれを受けたが、何か深遠なことに思いをはせているようにみえた。

ジュリアンは短剣で熊を、斧で牡牛を、槍でイノシシを斃《たお》した。一度などは、棒切れ一本しかなかったのに、絞首台で死骸を喰らっていた狼たちと渡り合った。

ある冬の朝、夜明け前に、装備を整えて、ひとりで城を出た。弩《おおゆみ》は肩に背負い、矢筒は馬の鞍骨にくくりつけた。

デンマーク産の小型馬は、二匹のバセット犬に伴われて、安定した足取りで、ひづめの音高く進んでいった。外套には霧氷がしたたり、刺すように冷たい風が吹き荒れていた。地平線の一方が白みはじめた。ジュリアンは、ほの白い曙光の中に、巣穴の周りを跳ねまわる幾匹かの兎を認めた。二匹のバセット犬はたちまち飛びかかり、一匹、また一匹と背中からひと咬みにしていった。

まもなく森に入った。一羽のオオライチョウが、枝の先で眠り込んでいた。寒さに身をすくめ、頭を羽の付け根にもぐりこませている。ジュリアンは、その両脚を剣の裏刃で薙ぎ払い、拾い上げようともせずに、道を進んでいった。

三時間後、山頂に出た。あまりに山が高いために、空が黒くすら見えた。そこから先は、断崖に向かって低くなっていく、平らな板のような岩盤が続いていた。野生の山羊が二頭、縁から断崖を見下ろしていた。ジュリアンは、手元に弓がなかったので（馬は途中に置いてきていた）、その場所まで降りていこうと思った。腰をかがめ、裸足《はだし》で岩をつかみながら、ようやく一頭目のところまで達すると、脇腹にぐっと短刀を突き刺した。恐れをなした二頭目は虚空に身を躍らせた。ジュリアンは素早く身をひるがえし、これも短刀で突こうとしたが、そのとき右足が滑り、一頭目の遺骸の上にどさりと倒れ伏した。見れば顔の下には深淵が広がり、両腕は大きく開かれていた。

ジュリアンはふたたび平野に降り、柳が揺れる川岸を進んでいった。鶴の群れが低いところを飛んでおり、時おり、頭のすぐ上を飛び過ぎていった。ジュリアンの鞭がびゅうとしなった。一羽として仕留めそこねることはなかった。

そのうちに空気も暖かくなり、霜が解けはじめ、朝霧の広がる中から、太陽が顔を出した。ずっと遠くの方に、鉛のように光る凍った湖が見えた。湖の真ん中に、見たことのない動物がいた。黒い鼻先をした、一匹のビーバーであった。かなりの距離があったが、ジュリアンは一射で仕留めた。毛皮を持ち帰れないのが、とても残念であった。

それから大木が立ち並ぶ森の大通りに入った。森の入り口では、木々の梢が凱旋門のようなアーチを描いていた。茂みからはリスが飛び出し、四辻にはダマジカが立っていた。巣から這い出すアナグマがおり、芝の上ではクジャクが尾羽を広げていた。それらの獣たちをすっかり殺し尽くしてしまうと、ふたたびまた別のリスが、別のダマジカが、別のアナグマが、別のクジャクが現れた。ツグミが、カケスが、イタチが、狐が、ハリネズミが、オオヤマネコが、歩を進めるごとに、ますます数を増し、きりもなく現れた。獣たちは、懇願するような、穏やかな目で、ジュリアンを取り巻いた。だが、ジュリアンは、殺戮に倦《う》まなかった。弩の弦を張り、剣を抜き、短刀で狙いをつけた。何ひとつものを考えることはなかった。何かを思い出すこともなかった。自分はただ、どこかの国で、はるかな昔から、この世に生あるかぎり、狩りをする者だった。すべては夢の中にいるようなたやすさで運んでいった。やがて、思いもかけぬほど素晴らしい光景が現れ、ジュリアンは足を止めた。すり鉢状の谷底を埋めるようにして、鹿が群れていた。互いに身を寄せて温めあい、霧の中に白い息が立ちのぼっている。

しばらくのあいだ、ジュリアンは、どれほどの血が見られることかと思って、歓びに息をつまらせていた。それから馬を下り、腕まくりをすると、矢を射かけはじめた。

最初の矢が空《くう》を切る音で、鹿たちは一斉にこちらを向いた。群れの中にいくつもの隙間が生まれ、悲鳴のような声があがり、群れ全体が混乱におちいった。

谷の縁は高すぎてあがれず、鹿たちは谷底を逃げまどった。ジュリアンは狙いをつけ、弓を引き絞った。矢は真っ直ぐに、あやまたず、集中豪雨のごとく降り注いだ。いきり立った鹿たちは、互いに攻撃をしはじめ、前足を振り上げて背中に乗りかかった。互いに重なり合い、角と角が絡まり、全体が小山のようになった。小山は動こうとして、そのまま崩れ落ちた。

ついに鹿たちは息絶えた。砂の上に横たわり、鼻孔からは液体があふれ、内臓が外に飛び出していた。呼吸で上下する腹も、やがて動きをとめた。すべてがしんと動かなくなった。

夜が訪れようとしていた。森の背後には、枝を透かして、血のように真っ赤な空が広がっていた。

ジュリアンは木に背中をもたせかけた。途方もない殺戮の惨禍に、茫然と目をみはっていた。どうやって自分にそんなことができたのかわからなかった。

ふと見ると、谷間の向こう側の森の始まるところに、一頭の雄鹿がいた。雌鹿と、その子鹿もいる。

雄鹿は黒く、並はずれた巨体に十六に分かれた枝角を持ち、白い髭を生やしていた。落ち葉のような黄金色の雌鹿は、草を食《は》んでいた。白い斑のある子鹿は、母鹿が歩くのを邪魔することもなく、乳を吸っていた。

弩が今ひとたびうなりをあげた。子鹿は死んだ。母鹿は天を見上げて、底知れぬ、胸を引き裂く、人間の母のような嘆き声をあげた。激昂したジュリアンは、胸へ一矢を射ち込み母鹿を地に斃した。

それを見た大鹿が後ろへ飛び退いた。ジュリアンは最後の矢を放った。矢は鹿の額に命中し、突き刺さったまま落ちなかった。

大鹿は矢の痛みを感じていないかのようだった。仲間たちの屍骸を踏みこえて、真っ直ぐにこちらへと歩を進めてくる。角先で腹をえぐるつもりなのだ。ジュリアンは言い知れぬ恐怖に全身を包まれ、後ずさりをした。だが、驚異の巨獣は、そこまで足を止めた。そして、燦然と眼を輝かせ、長老のように、裁き主のように、おごそかに、遠くで鐘を打つ音が続いている間に、三度こう繰り返した。

「呪われし者よ、呪われし者よ、呪われし者よ。荒ぶる魂を持つ者よ。いつの日か、お前は、お前の父母《ちちはは》を殺《あや》めるだろう」

大鹿は膝を折り、静かに瞼《まぶた》を閉じると、そのまま息絶えた。

ジュリアンは驚愕のあまり、声も出なかった。どっと疲れを感じて、立ち上がれなかった。やりきれないほどの不快感と悲しみに襲われた。両手で顔をおおい、長いこと泣いていた。

馬ともはぐれてしまい、犬たちにも見捨てられていた。身をつつむ孤独感のために、漠とした危険が迫りくるように感じられた。恐怖のあまり、ジュリアンは田野を走り抜け、小道を見つけるやいなや、わけもわからずそこを曲がった。すると、ほどなく、城の門の前に着いた。

その夜は、一睡もできなかった。ゆらめく吊りランプの下で、巨大な黒い鹿の姿が幾度も甦ってきた。あの予言が頭から離れず、必死に振り払おうとした。「嘘だ、嘘だ、嘘だ！　殺しなどするものか！」そして、ふと考えた。「だが、もし、そうしたいと思うようなことがあったら？」ジュリアンは、悪魔が自分にそんな気を起こさせることを怖れた。

三か月のあいだ、母親は、胸を痛めながら、ジュリアンの枕辺で祈りつづけた。父親はいつまでも回廊を歩きまわっては、ため息をもらしていた。高名な薬師《くすし》が次々と呼び寄せられ、多くの薬が処方された。青年の病は、悪い風にあたったか、あるいは恋わずらいによるものであろう、ということだった。だが、青年は、何を聞かれても、ただ首を横にふるばかりだった。

体力がもどってくると、老僧と父親がジュリアンの腕を支え、中庭に連れ出した。病が完全に快復すると、ジュリアンは、もう狩りはしないと言って、頑として聞かなかった。

父である城主は、ジュリアンの心を奮い立たせようと、サラセンの剣を贈った。剣は武具一式と揃いになっていたため、柱の一番上に飾られていた。剣を手にするためには、梯子《はしご》を使わねばならなかった。ジュリアンは梯子に上った。剣は重すぎて、指から滑り落ち、城主をかすめて、その袖の広い外套をすぱりと切り裂いた。父上を殺した、と思い込んだジュリアンは、その場で気を失った。

その日以来、ジュリアンは武器を惧《おそ》れるようになった。むきだしの刃を目にしただけで、顔がさっと蒼ざめた。そのような心弱さは、家門の嘆きの種となった。

ついには老僧の出番となり、神の名と先祖の名誉にかけて、ふたたび貴族の男子として研鑽を積むようジュリアンに命じた。

従臣たちは毎日、気晴らしに投げ槍をたしなんでいた。ジュリアンはすぐさま目覚ましい腕前を見せるようになった。ジュリアンの槍は、酒瓶の首を砕き、風見の歯[6]を破壊し、百歩離れたところから扉の鋲を狙ってあやまたなかった。

ある夏の夕暮れ、靄《もや》のためにすべてのものがおぼろげに見える時刻に、ジュリアンは葡萄棚の下にいた。すると、ずっと離れた果樹の垣根のところに、白く羽ばたくふたつの影が見えた。コウノトリに違いない、と思い、ひゅうと槍を放った。

一閃、耳をつんざく叫び声があがった。

母であった。長い垂れ飾りのついた被り物が、槍に貫かれて壁にゆれていた。

ジュリアンは城から逃げた。そして、二度とふたたび、姿を見せなかった。

6 中世の風見には、領主の権力を示すものとして、歯をむいたドラゴンや獅子を象ったものが見られた。

II

ジュリアンは通りがかりの傭兵の一部隊に加わった。

飢えを知り、渇きを知り、熱病を知り、蚤《のみ》と虱《しらみ》を知った。白兵戦の喧噪に慣れ、瀕死の人間を見ることに慣れた。風に肌を鞣《なめ》され、甲冑で擦《す》れるうちに、手足は頑健になった。ジュリアンは強く、勇敢で、抑制を知り、思慮深かったので、労せずして一隊の司令官となった。

戦いに先立ち、ジュリアンは大きく剣を振りかざして、兵士たちを激励した。城塞の壁を結び瘤のある縄で登攀し、暴風に体をさらわれた。煙硝の火の粉が鎧に張りつき、城壁の狭間《はざま》からは、煮え立つ松脂《まつやに》や、どろどろに溶けた鉛が降ってきた。投石を受けて盾が砕けた。殺到する兵士の重みに耐えかねた渡し板が、ジュリアンをのせて落ちていったこともあった。槌矛《つちほこ》を振り回して、十四人の騎士を一気に片付け、一騎打ちを挑まれれば、どんな相手でも受けて立った。今度こそは一巻の終わりだ、と皆に思われたことが、幾度あったか知れない。

そのたびに危難を越えてきたのは、神のご加護のおかげであった。ジュリアンは、教会の信者や、孤児や、寡婦や、とりわけ老人を、手厚く保護していたからである。道の先を進むものがあると、顔を見るために、声をかけて振り向かせた。なにか間違いがあって、相手の命を奪ってしまいはせぬかと怖れてでもいるかのようであった。逃亡奴隷や、反乱を起こした農奴や、財産なしの私生児などの恐れ知らずたちが、ジュリアンの旗の下に、ぞくぞくと押し寄せてきた。もはや、ひとつの軍隊と言ってよかった。

軍は膨れあがり、その名を世に知られ、誰もがその力を恃《たの》みたがった。

フランス王太子、イングランド国王、エルサレムのテンプル騎士団、パルティアの将軍、アビシニアの皇帝、カリカットの皇帝を、ジュリアンは次々と救済した。魚鱗のような鎧をつけたスカンディナヴィア人や、赤いロバにまたがって河馬《かば》革の円盾をかまえた黒人を制した。鏡のごとく閃《ひら》めく三日月刀を振りかざす、小冠をかぶった黄金色のインド人に勝利した。穴居人と食人種を打ち破った。毛髪が自然発火するほどの灼熱の太陽のもと、焦げつく大地を横断した。振った腕がそのまま千切れて落ちてしまうほどの酷寒の地を進んだこともある。濃霧が立ち込めるなか、不気味な幻に脅かされながら、行軍を続けたこともあった。

　共和国のあいだにもめ事が持ち上がると、相談がもちかけられた。ジュリアンは双方の大使から、望外の条件を引き出してみせた。君主の振る舞いが目に余るときには、どこからともなく姿を現し、戒めの忠告をした。民を圧政から解放し、塔の上に閉じ込められた女王を救った。ミラノの大蛇と、オーバービアバッハのドラゴン[7]を退治したのは、他でもない、ジュリアンである。

　その頃、オクシタニア[8]の皇帝がスペインの回教徒に勝利し、コルドバのカリフの妹を側室にするということがあった。誕生した女児は、皇帝の手元で、キリスト教徒として育てられていた。だが、カリフは、自分もキリスト教に改宗したいといつわって、大勢の護衛を引き連れて皇帝を訪問した。そして皇帝の守備隊を皆殺しにした。皇帝は地下牢に閉じ込められ、残酷な扱いを受けた。財宝のありかを白状させるためである。

　ジュリアンは、皇帝の救援に駆けつけた。異教徒の軍隊を壊滅させ、街を包囲し、カリフの息の根を止めた。刎《は》ねたカリフの首は、城壁の向こうに毬《まり》のように放り投げた。それから地下牢まで皇帝を迎えにゆき、全廷臣の見ている前で、ふたたび帝位につかせた。

皇帝はこれほどの恩を受けた礼にと、金貨がいっぱいに詰まった籠を差し出した。ジュリアンは受け取らなかった。皇帝は、これでは不足なのだろうと思い、財産の四分の三を譲ろうと申し出た。やはりいらないと言う。ならば、我が帝国を分け合おうと持ちかけた。ジュリアンは慎ましく辞退する。いかにすれば我が謝意を受け取ってもらえるのかと皇帝は悔し涙にくれ、それからとつぜん額を打って、傍らの廷臣に耳打ちをした。綴れ織りの緞帳《どんちょう》が引き上げられると、そこにはひとりの娘がいた。

大きな黒い瞳が暖かなランプのようにきらきらと輝いていた。微笑《ほほえ》みをこぼすと、唇がわずかに開いた。スリットの入ったドレスには宝石が煌《きら》めき、そこに巻き毛が絡みついていた。透けたチュニックの上からでも、その身体《からだ》の若々しさが感じられた。たまらなく可愛らしく、ふっくらと柔らかそうな肉づきで、腰はほっそりと締まっていた。

7 共に中世の伝説上の怪物。
8 南フランスを中心としたオック語が話される地方。

ジュリアンは恋情に目が眩《くら》んだ。これまでずっと、純潔そのものの生活をしてきていただけに、その思いは奔流のようであった。

こうしてジュリアンは、皇帝の娘をめとり、娘の母からは城館を譲りうけた。婚礼の儀が済むと、人々はねんごろに礼を尽くしあって立ち去っていった。

ムーア様式の白い大理石の宮殿は、オレンジの林に囲まれた岬の上に建てられていた。花の咲き乱れる段丘が湾まで続いており、入江に出ると、足元で薔薇色の貝殻が砕けた。城の後ろには、森が扇状に広がっていた。空はいつでも青く、海から吹き寄せる風と、遠い地平を限る山からやってくる風のために、木々が交互にかしいでいた。

寝室はやわらかな薄明《はくめい》に満ち、壁の象嵌《ぞうがん》細工がほのかに反射していた。葦《あし》のように細く、高く伸びた柱が丸天井の穹窿《アーチ》を支え、その丸天井には洞窟の鍾乳石を模した浮彫《レリーフ》が施されていた。

広間の中まで噴水が湧き、中庭はモザイクで彩られ、仕切り壁は花綵《はなづな》で飾られていた。至るところに建築の意匠が凝らされ、すべてが深い静けさにひたされていた。かすかな衣ずれの音や、ため息の残響までが聞き取れるほどだった。

ジュリアンはもう戦争をしなかった。穏やかな民に囲まれて、くつろいで休んでいた。日ごとに大勢の人々が目通《めどお》りに現れ、東洋風に跪拝《きはい》し、手に接吻していった。緋色の玉衣をまとい、窓辺に肘をついていると、かつての狩りのことが思い出された。ガゼルや駝鳥を追って、砂漠を駆け抜けたかった。竹やぶに身をひそめて、豹を待ち伏せしたかった。犀《さい》の群れる森を横断してみたかった。前人未踏の高峰に身をおけば、さぞかしよく鷲が狙えることだろう。流氷を伝い歩いて、白熊と闘うのもよい。

時おり夢の中で、ジュリアンは、エデンの園にいる始祖アダムのように、あらゆる種類の獣たちに取り巻かれていた。腕を伸ばすだけで、次々と獣たちの命をうばうことができた。獣たちが、ノアの箱舟に乗り込んだ時のように、二頭ずつ、列をなしていることもあった。象やライオンのような大きな獣から始まり、白テンや鴨へと続いていた。洞窟の陰から、投げ槍を放つと、百発百中である。だが、また新たな動物たちが現れる。それが切りもなく続いた。ジュリアンは獰猛な目をして、夢から覚めるのであった。

親しくなった王侯たちからは、狩りに誘われていた。そのたびに断っていた。そうやって自分を罰していれば、不吉な呪いから逃れられるように思っていたのだ。両親の運命は、自分の殺生《せっしょう》にかかっているような気がした。だが、ふたりに会うことができないのは切なかった。やがて、もうひとつの欲望も、耐えきれぬほどになった。なにか気晴らしをなさったほうがよいのではと思い、妻は、曲芸師や踊り子を呼んだ。

無蓋の輿《こし》を運ばせて、田園に連れ出しもした。蒼穹《そうきゅう》の如く澄んだ水を回遊する魚を、小舟に共に寝そべって眺めたこともある。夫の顔に花吹雪を投げかけては、その足元に身を寄せ、三弦のマンドリンでさまざまな曲を爪弾《つまび》いた。それから両手を組みあわせて、夫の肩におき、おずおずとした声で訊ねるのだった。

「いったい、何をそんなにお悩みなんですの？」

ジュリアンは答えなかった。声を詰まらせて、泣きだすこともあった。ある日、とうとう恐ろしい気がかりのことを打ち明けた。

妻は、道理を尽くして、夫の気がかりを打ち消した。お父様もお母様も、おそらく、もうお亡くなりになっていることだろう。それに万が一、またおふたりにまみえることがあるとしても、いったいどのような巡り合わせがあれば、それにいったい何のために、そのような忌まわしいことに立ち至りうるというのか。だから、もう、心配することはない。また狩りを始めればよいではないか。

ジュリアンは妻の言葉を聞いて微笑んだが、狩りへの渇望を満たそうという決心はつかなかった。

ある八月の晩、寝室にいた時のことだった。妻は床についたばかりで、ジュリアンは跪拝をして祈りを捧げていた。ふいに、狐の鳴き声が聞こえてきた。続いて、窓の下をかすかな足音が走った。暗がりに目を凝らすと、動物の影が動いた。誘惑はあまりにも大きかった。ジュリアンは矢筒をつかんだ。

妻は驚いた顔をした。

「おまえの言う通りにする。夜明けには帰る」と言った。

だが妻は、なにか不吉なことが起こるのではないかと心配した。

ジュリアンは大丈夫だと妻をなだめ、妻の気が急に変わったことを怪しみながら、城を後にした。

それからいくらもたたぬうちに、小姓が寝室にやってきた。ふたりの見知らぬ人物が訪ねてきて、城主がいないのであれば、すぐにでも女主人に目通りしたいのだという。

ほどなくして寝室に通されたのは、腰がまがり、埃《ほこり》にまみれ、粗布をまとい、杖をついた老人と老女だった。

ふたりは意を決したかのように、ジュリアンの両親についての知らせを持ってきた、と告げた。

妻は身を乗り出して続きを待った。

ふたりは目を見かわしてうなずきあい、妻にこう訊ねた。ジュリアンは今でも親のことを愛しているのか、時には親のことを口にすることがあるのか、と。

「ええ、それはもう」妻は答えた。

するとふたりは声をあげた。

「親なのです、あの子の」

そう言うと、その場にへたり込んだ。急に疲れが出て、力を使い果たしたかのようだった。

若い妻には、夫が彼らの息子であると保証するものが何もないように思えた。

ふたりは証拠として、ジュリアンの肌にある特別な徴《しるし》について、詳しく語ってみせた。

妻は寝床から跳ね起きると、小姓を呼びつけ、食事を持ってこさせた。

空腹でたまらなかったはずのふたりであったが、食事はほとんど喉を通らなかった。妻は離れたところから、彼らの骨ばった手が震え、杯を持ち上げるのを見ていた。

ふたりは息子について、あれこれと質問をしてやまなかった。妻はひとつひとつ答えながら、彼らにまつわるあの禍々《まがまが》しい予言については触れないように気をつけた。

かつてふたりは、息子がもう戻ってこないと悟った時、城を後にしたのだという。それからというもの、もう何年も、わずかな手がかりを恃みとしながら、希望を捨てずに、歩きつづけてきた。河の渡し賃や、宿代や、諸侯への奉納に多額の金銭を使い、盗賊からのゆすりにもあった。今では財布もすっかり底をつき、物乞いをしている。だが、そんなことがなにほどのことだというのか。もうすぐ、この腕に、ジュリアンを抱くことができるのだから。こんなにも心優しい妻をもらって、息子はどれほど幸福であることか。ふたりは飽かずに息子の妻を眺め、幾度も接吻した。

ふたりは豪奢な住まいにも大いに驚嘆していた。老人は、壁をあらためながら、なぜここにオクシタニアの皇帝の紋章があるのかと訊ねた。

妻は答えた。

「わたくしの父なのです」

それを聞いて老父は身震いをした。あの放浪者の予言を思い出したのである。老母もまた、あの隠者の言葉を思い出していた。おそらく、このような息子の栄誉は、永遠に続く威光の明け初《そ》めにすぎないのだろう。ふたりは食卓を照らす大燭台のもとで、茫然としていた。

ふたりとも、若い頃には、たいそう美しかったのだろう。母親は、今なお豊かな髪を保ち、左右に分けた美しい髪束は、降り積もった雪のように頰の下まで下がっていた。父親は背が高く、立派な髭をたくわえ、教会の彫像に似ていた。

妻は、ジュリアンを待たずに休むように勧めた。ふたりを手ずから自分の寝台に寝かせると、窓を閉ざした。ふたりは眠りに落ちた。もうじき、日が昇ろうとしていた。ステンドグラスの向こうでは、鳥が囀《さえず》りはじめていた。

ジュリアンは庭園を抜け、力強い足取りで森を進んでいった。柔らかな芝を踏むのが心地よく、空気は甘かった。

苔の上には、木々の影が長く伸びていた。時おり月が、森の中の空き地に白い光の染みを広げていた。光の染みが水たまりのように見えるので、ジュリアンは幾度か進むのをためらった。ひっそりとした沼の表面が、草の色に混じって、見分けがつかないこともあった。どこまで行っても、あたりは静まりかえっていた。獣は一匹もいなかった。ついさっきまで、城の周囲を徘徊していたはずなのだが。

森はますます鬱蒼と生い茂り、闇は深くなっていった。むっとする一陣の風が、けだるい香りを運んできた。ジュリアンは枯葉の積もる中へと踏み入り、楢《なら》の木に背を預けた。少し休みたかった。

突然、背後で、なにか黒々とした塊が跳びはねていった。イノシシであった。武器を手にする間《ま》はなかった。ジュリアンは不幸に見まわれたひとのように、深く打ちのめされた。

やがて森を出ると、一匹の狼が垣根に沿って走っていた。

ジュリアンは弓を引き絞った。狼は足を止め、振り向いて、こちらを見ると、ふたたび走りはじめた。そのまま一定の距離を保った状態で小走りを続け、時おり足を止めては、狙いをつけられたとたんに、また走りだすのだった。

こうしてジュリアンは平野を駆けめぐり、いくつもの砂山を越え、ついには、大きな墓所を見下ろす高台の上に出た。地下の納骨所は朽ち果てており、ところどころに平らな墓石が置かれていた。歩けば骸骨につまずいた。虫喰いだらけの倒れそうな十字架が立っていた。だが、墓碑の陰に、なにか動くものがあった。ハイエナであった。血走った目をして、喘ぎながら、わらわらと何匹も現れてくる。爪先で敷石をひっかきながら、こちらに迫ってくる。口を開き、歯茎をむきだしにして、鼻先を寄せてくる。ジュリアンは剣を抜いた。群れは四方へと散った。跛行《はこう》するような、せわしないギャロップで、砂埃をあげ、遠くへと消えていった。

一時間後、ジュリアンは狭い谷底の道で、雄牛に出くわした。憤怒に満ちた様子で、角を突き出し、砂を掻いている。ジュリアンは喉元の肉垂《にくたれ》に槍を投げつけた。槍は砕け散った。牛は青銅でできているかのようだった。ジュリアンは目を閉じた。これで死ぬのだ。ふたたび目を開けたとき、牛はもういなくなっていた。

恥ずかしさのあまり、ジュリアンの心は消えなんばかりであった。なにか超常的な力が、自分の力を奪ってしまったのだ。城に帰るために、ジュリアンはまた森に入っていった。

森の道には、蔓草《つるくさ》がいっぱいに絡まっていた。剣で薙ぎ払っていると、脚のあいだをするりとイタチがくぐり抜けていった。肩の上を豹が飛び越え、トネリコの幹を蛇が巻きつくようにして這い上がっていった。

トネリコの葉むらには、化け物のように大きなコクマルガラスがとまっていた。こちらをじっと見ている。すると、あちこちから、枝葉を透かして、なにかきらきらと光るものが灯りはじめた。天の星がことごとく森へと降ってきたかのようであった。それは、動物たちの目であった。山猫の目、リスの目、みみずくの目、オウムの目、猿の目。

ジュリアンは矢を放った。矢はどれも葉むらに引っかかった。矢羽根は、葉の上にとまった白い蝶のように見えた。ジュリアンは石を投げつけた。石は獣にはかすりもせずに、地面へと落ちた。ジュリアンは我が身を呪い、できうるものなら自分を殴り倒したかった。呪詛《じゅそ》の言葉を吐き散らし、憤《いきどお》ろしさに息がつまった。

見れば、これまで狩り立ててきたすべての鳥獣が姿を現し、輪になって自分を囲んでいる。座しているものもあれば、昂然と立ちはだかっているものもある。

ジュリアンは背すじの凍るような思いで、輪の真ん中にいた。身じろぎもならなかった。だが、渾身の力をふりしぼって一歩を踏み出すと、枝にとまっていたものたちがいっせいに羽を広げ、地を踏んでいたものたちは四肢を移動させた。獣たちは、みな、ジュリアンについてきた。

ハイエナが先を行き、狼とイノシシが後ろからついてきた。右手には雄牛が角を揺すり、左手の草の上では蛇が這っていた。豹は背中を丸め、大股で、足音も立てずに歩いていた。ジュリアンはできるかぎりゆっくりと進むようにした。動物たちの気を荒立ててはならない。やぶの奥からは、ヤマアラシや、狐や、マムシや、ジャッカルや、熊が現れた。

ジュリアンは駆けだした。獣たちも駆けだした。蛇はしゅうしゅうと音を立て、嫌な匂いを放つ獣たちが、よだれを垂らしていた。イノシシはジュリアンの踵《かかと》に牙をこすりつけていた。狼が手の中に鼻面を突っ込んでくると、毛並みの手触りがした。にやにやと笑う猿につねられ、イタチが足にまとわりついた。熊に手の甲で帽子をはたき落とされ、豹は、ひとを小馬鹿にするように、口にくわえていた矢をぽとりと落としてみせた。

獣たちの意地の悪さには、明らかに嘲《あざけ》りの調子があった。目の端でジュリアンを観察しながら、どう仕返しをしたものかと考えをめぐらせているようであった。ジュリアンは、虫の羽音に耳を聾され、鳥の尾羽に顔をなぶられ、獣たちの生暖かい息に息苦しさを覚えながら、目を閉じ、腕を突き出し、盲人のように歩いていった。赦《ゆる》してくれ、と大声をあげる気力すらなかった。

雄鶏の一声が大気を震わせた。他の雄鶏がそれに応えた。朝が来たのだ。ジュリアンはオレンジの林の向こうに、宮殿の屋根の頂を認めた。

やがて、野のはずれまで来ると、ほんの目と鼻の先で、麦の刈り株のあいだを数羽のアカアシイワシャコが飛びはねているのが見えた。ジュリアンは留め金を外して外套を脱ぐと、網のように鳥の上に被せた。中を確かめると、一羽しかいなかった。それも、かなり前に死んだもので、もう腐っていた。

このしくじりは、他のすべてのしくじりにも増して、ジュリアンを激昂させた。殺戮への渇きがふたたびジュリアンをとらえた。鳥や獣がいないのならば、人間でもよかった。

ジュリアンは三つの段丘を駆けあがり、拳で殴るようにして館《やかた》の扉を押し開けた。だが階段の下まで来ると、愛しい妻のことが思いだされ、気持ちがなだめられた。きっとまだ眠り込んでいるだろうから、急に入っていって驚かせてはいけない。

ジュリアンはサンダルを脱ぐと、そっと錠を回して寝室に入った。

鉛線を使ったステンドグラスのために、夜明けの薄明は仄暗く遮られていた。ジュリアンは床の上の衣服に足を取られた。その先で配膳台にぶつかると、上には食べ終わった器がのったままになっていた。「おおかた夜食でも取ったのであろう」とジュリアンは思った。寝台は部屋の奥にあり、闇に沈んでいた。寝台の端までいくと、妻に接吻をしようとして、枕の上に、ふたつの頭が寄り添って休んでいる、その場所の上に、そっとかがみこんだ。唇に髭のようなものがあたるのを感じた。

ジュリアンは後ろに飛びすさった。自分の頭がおかしくなったのだと思った。だが、もう一度寝台のそばまで行き、指でさぐると、今度は、長い髪の毛に触れた。やはり間違いだったのかと思い、しっかりと確かめるために、もう一度ゆっくりと枕のほうに手を伸ばすと、確かに髭であった。今度こそ、男である。我が妻のかたわらに、男が寝ているのだ。

言い知れぬ怒りに突き上げられたジュリアンは、ふたりの上に力いっぱいに短刀を突きたてた。地団太を踏み、沸き立つ怒りに身もだえし、野獣のように吠えた。やがてそれも静まった。死者たちは、心臓を一突きにされて、身動きをする間もなかった。ジュリアンはふたりの喘鳴《ぜんめい》に耳を澄ました。喘鳴は、どちらのものともつかないほど似通っていたが、それがしだいに細くなってゆくと、はるか遠くのほうから、もうひとつの別の喘鳴が聞こえてきた。初めは判然としなかったが、その声は、長々と、哀しく、恨むように、だんだんと近づきながら、大きく反響し、ついには耐えがたいまでになった。間違いなかった。ジュリアンは戦慄した。あの黒い大鹿の鳴き声であった。

ふと振り向くと、死んだはずの妻が、灯りを手にして扉口に立っていた。惨劇の物音を耳にして、駆けつけてきたのだ。部屋の中を見回すと、一瞬ですべてを悟った。手にしていた燭台を取り落とし、恐ろしさのあまり飛び出していった。

ジュリアンは燭台を拾いあげた。

見ればそこには、我が父と我が母が、胸から血をあふれさせて、仰向けに横たわっていた。ふたりの顔は、穏やかな威厳に満ち、永遠の神秘を宿しているかのようだった。白い肌の上に血しぶきと血だまりが広がり、敷布へ、床へと続いていた。壁に掛けられた象牙のキリスト像に撥ねかかった血は、筋《すじ》になって流れていた。すでに日も昇り、朝陽をうけたステンドグラスの影が、赤い血の染みを照らしだし、部屋全体に真紅の光の染みを散らしていた。ジュリアンは死者に近づいた。まさかそんなはずはない、見まちがえたのだ、他人の空似ということもある、と自分に言い聞かせた。そうだと信じようとした。だが、とうとう、そっとかがみこんで、老人の顔を間近に見た。閉じきっていない瞼の下の、すでに光を失ったその瞳を見た時、ジュリアンは全身が炎で焼かれるのを感じた。それからもうひとつの体が横たわる、寝台の反対側へとまわった。顔の一部が白髪に隠されていた。髪の下に手を入れて抱き起こし、こわばった腕で頭を抱きかかえながら、もう一方の手で燭台をかざし、その顔を見つめた。褥《しとね》から染みだした血が、ぽたり、ぽたりと床を打っていた。

その日の終わり頃、ジュリアンは妻の前に現れた。まず、なにひとつ返事をしないように、と別人のような声で命じた。自分に近寄ってもならない、今後は顔を見てもならない、これから命じることにいっさい撤回はないから、地獄に落ちたくなければ、すべてひとつひとつ実行するように、と告げた。

葬儀は、自分が遺してゆく文書の指示に従って執り行ってほしい。死者たちの寝室で、祈禱台の上で書いたものだ。宮殿も、臣下の者も、財産のすべては、お前に残してゆこう。この身にまとっているものですら、持ってゆきはしない。この服とサンダルも階段の上に置いてゆく。

お前のしたことは、我が罪を招くことになった。だがそれは、神意に従っただけのことであった。今後はどうか、我が魂のために祈りを捧げてほしい。自分という人間は、これきりもう、いなくなるのだから。

埋葬の儀は、宮殿から三日ほどかかる僧院の教会で、荘厳に執り行われた。頭巾で深く顔を隠したひとりの僧が、参列者たちから遠く離れて、葬列に従っていた。声をかけようとするものはいなかった。

僧は、ミサの続くあいだ、扉口の中央で、腕を十字に組み、額を地面に擦りつけ、腹ばいに伏したままでいた。

埋葬が終わると、この僧が、山へと続く道に入ってゆくのが見えた。僧は、幾度も幾度も後ろを振り返っていたが、やがて見えなくなった。

Ⅲ

ジュリアンは施しを求めながら、諸国を放浪した。

道行く馬上のひとに手を伸ばして物を乞い、刈り入れの農夫に跪拝《きはい》して近づいた。

中庭の囲いの前に、じっと立っていることもあった。ジュリアンの顔があまりに哀しげなので、人々は施しを拒まなかった。

身をへりくだる気持ちから、ジュリアンは身の上を話して聞かせた。すると、誰もがみな、十字を切って逃げ出していった。すでに通ったことのある村では、僧がジュリアンであることが知れると、とたんに家々の扉が閉ざされた。おどしの言葉が叫ばれ、石が投げつけられた。きわめて慈悲深いものたちは窓の外に小鉢を置いてくれたが、鎧戸を閉《た》てきって、ジュリアンの姿を見まいとした。

どこに行っても追い払われるので、ジュリアンは、人目を避けるようになった。草木の根や、植物や、傷んだ果物を食べ、砂浜を歩いて貝を拾った。時おり、山道を曲がると、眼下に密集した家並みが広がっていることがあった。石の鐘楼や、橋や、塔や、黒い線のように交錯する通りが見え、その絶え間ない喧噪が、山の上まで運ばれてきていた。

自分以外の人間とまじわる必要を感じて、町まで降りてゆくこともあった。だが、人々の獣のような顔つきや、さまざまな生業《なりわい》の騒がしさや、軽薄な言葉のやり取りが、ジュリアンの心を凍らせた。祭りの日には、夜明けからカテドラルの大鐘が鳴り響き、土地の人々の心を浮き立たせていた。ジュリアンは、人々が外に出て、広場で踊っているのをじっと眺めた。四辻にはビールが溢れ、貴族の館にはダマスク織りの緞帳《どんちょう》が張られていた。日が落ちると、通りに面した窓からは、長い食卓についた人々の様子が見えた。老人たちが膝の上で孫をあやしていた。ジュリアンは嗚咽《おえつ》に喉を詰まらせ、また野へと戻っていった。

草原を駆ける仔馬や、巣ごもりをする鳥や、花にとまる虫たちを見ると、いとおしさに心が張り裂けそうになった。だが、獣も、鳥も、虫も、近づこうとすると、みな、とたんに遠ざかってしまうか、おびえて隠れてしまうか、飛び去ってしまうのだった。

ジュリアンは、寂寞《せきばく》の地を探して歩いた。だが、風の音を聞けば、瀕死の人間の喘ぎ声が運ばれてくるように感じ、大地に降りる朝露を見れば、この世にはもっと重たい雫《しずく》があることが頭をよぎるのだった。太陽は、日暮れごとに、雲の中に血の染みを広げ、夜ともなれば、夢は親殺しの光景を切りもなく繰り返した。

鉄の棘を織り込んで苦行衣をつくり、丘の頂に礼拝堂があれば、膝でいざって登った。だが、仮借ない自責の念は、聖櫃の輝きをもくすませ、悔悛の苦行を重ねても、苦しみは消えなかった。

自分をあのような行為に及ばせたからといって、ジュリアンは神に反逆しなかった。だが、自分があのようなことをなしえたということに、深く絶望していた。

我と我が身がおぞましくてならず、自分自身から解き放たれようとして、すすんで死の危険に身をさらすこともあった。火事の中から動けない病人を救いだし、深い穴に落ちた子供を助けた。炎はジュリアンを迂回し、奈落はジュリアンを吐きだした。

歳月もまた、ジュリアンの苦悩をやわらげなかった。苦悩がついに耐えきれぬものとなった時、ジュリアンは死ぬことを決意した。

だがある日、泉の深さを測ろうとして、水の上にかがみこむと、痩せさらばえた、白髭の老人の姿が浮かび上がった。老人があまりにも哀れな様子なので、涙をこらえることができなかった。老人もやはり泣いていた。自分の姿なのだとはわからずに、ジュリアンはただ、その顔に見覚えがあるような気がした。ジュリアンは息をのんだ。父であった。そのとき以来、ジュリアンはもう、自分を殺そうとは考えなくなった。

こうしてジュリアンは、記憶の重みに押し拉《ひし》がれそうになりながらも、多くの土地を渡り歩いた。そのうちに、ある川のほとりに辿りついた。流れが激しすぎる上に、川岸一帯に深いぬかるみが広がっていて、渡るのは危険だった。久しく前から、渡ろうとする者もいなくなっていた。

古い小舟がひとつ、ぬかるみに艫《とも》を沈めて、葦《あし》の中から舳先《へさき》を突き出していた。調べてみると、二本の櫂《かい》が見つかった。そのときふと、自分に残された日々を、他の人々のために役立てることができないだろうか、という考えが浮かんだ。

ジュリアンはまず、土手から、舟が浮かぶところまで降りるための、桟橋のようなものを拵《こしら》えることにした。重い石を探るうちに手の爪が割れ、石を運ぶ時には腹に押しあてねばならなかった。ぬかるみは足の下で滑り、ジュリアンをやわらかく飲み込み、頭まで引き込まれそうになったことも幾度もあった。

桟橋ができあがると、漂着した船の残骸を用いて、小舟を修理した。最後に、粘土と木の幹で、掘立小屋をつくった。

渡し守が現れたことが知れると、旅人がやってくるようになった。向こう岸から布切れを振って呼ばれると、ジュリアンはすぐに小舟に飛び乗った。ずしりと重い舟だった。その上に、さらに多くの荷が積み込まれた。重い荷物が運び込まれることもあれば、家畜が乗り込んでくることもあった。家畜たちは怯えていななき、小舟はますます混乱した。ジュリアンは、自分の労役に対して、何ひとつ対価を求めなかった。

振り分け袋から食糧の残りを差し出す者や、擦り切れてもう着なくなった服を与える者もいたが、荒くれ者たちは、罵りの言葉を吐くだけだった。ジュリアンが穏やかに応じると、侮辱の言葉がさらに重ねられた。ジュリアンはただ彼らを祝福するだけだった。

小さなテーブルがひとつと、腰掛けがひとつ、枯葉のベッドと、三つの粘土の碗が、ジュリアンの家財のすべてであった。壁にあいた小さなふたつの穴が、窓の代わりになっていた。一方には荒れ野が広がり、ところどころに沼の水面が鈍く光っていた。正面には、逆巻く大河が、濁った緑のしぶきをあげていた。春になると、湿った大地から、腐ったような匂いが立ちのぼった。風が吹き荒れ、砂埃《すなぼこり》の渦巻きがあがった。細かな砂はどこにでも入り込み、飲み水を濁らせ、口の中で嫌な音を立てた。春が過ぎると、雲霞《うんか》のごとく蚊が発生した。昼となく夜となく羽音が聞こえ、あちこちを刺された。やがて、すさまじい寒気がやってきた。ものはみな石のごとく硬く凍りつき、無性に肉が食べたいという気持ちを起こさせた。

人の姿を見ないまま、数か月が過ぎることもあった。ジュリアンはしばしば目を閉じて、記憶をたどり、若き日へと戻ろうとした。城の中庭が目に浮かぶ。正面階段のグレーハウンド。武具の広間の従僕たち。葡萄棚のトンネルの下にいる、ひとりの金髪の少年。その隣には、毛皮の老人と、大きな被り物《エナン》の婦人が見える——。そこで光景が一転して、ふたつの死体が浮かぶ。ジュリアンはベッドに身を投げだし、嗚咽しながら、繰り返した。

「哀れな父上、哀れな母上、哀れな母上……」

そして眠りに落ちるのだったが、陰惨な幻影はなおも打ち続いていた。


ある夜、眠っていると、誰かが自分を呼んでいるような気がした。耳を澄ましてみたが、急流の音しか聞こえなかった。

だが声は繰り返した。

「ジュリアン！」

声は向こう岸からやってきているようであった。川の幅を思うならば、それは驚くべきことであった。声は三度目に呼んだ。

「ジュリアン！」

今度は、はっきりと聞こえた。教会の鐘のような抑揚である。

ジュリアンは、ランタンを灯して、小屋を出た。闇の中を嵐が吹き荒れていた。漆黒の闇に切り傷をつけるように、逆巻く白い波頭が浮かび上がっては消えた。

束の間ためらいはしたものの、ジュリアンは舫《もや》い綱《づな》を解いた。ふいに波が静まった。小舟は水の上を滑り、対岸に達した。待っていたのは、ひとりの男であった。ぼろぼろになった粗布をまとい、顔は石膏の面のようで、目は燠《おき》のように赤く燃えていた。ランタンを差し伸べると、ひどい癩病《らいびょう》に全身がむしばまれていることがわかった。だが、その物腰には、王者のように堂々としたところがあった。

男が乗り込んでくると、小舟は重みのために、驚くほど深く沈み込んだ。だが大きくひと揺れすると、ふたたび浮き上がった。ジュリアンは舟を漕ぎはじめた。

櫂でひと漕ぎするたびに、小舟は砕ける波によって前へと突き上げられた。水は墨よりも黒く、小舟の外板を狂ったように洗った。深淵をうがち、山を隆起させた。舟は山を飛び越え、深い底へと沈み、強風に弄ばれてはぐるぐると旋回した。

ジュリアンは身をかがめて腕を伸ばし、足をつっぱり、腰をひねってのけぞりながら、渾身の力で櫂を引き寄せた。激しい雹《ひょう》が手の甲を打ち、背中を雨が流れ、荒れ狂う風に息がつまった。漕ぐ手を止めると、たちまち波にさらわれた。だが、これは何か重要なこと、背くことのならぬ命令なのだと心得て、ふたたび櫂をつかみ直した。暴風と豪雨がとどろく中、櫂受けがきしきしと鳴った。

顔の前には、小さなランタンが灯っていた。時おり鳥が飛んできて、光がさえぎられた。だが、円柱のように艫に立ちはだかっている癩の男の瞳は、決して見えなくなることがなかった。

岸にはなかなか着かなかった。これきりもう着かないのかと思われた。

ようやく小屋までたどりつくと、ジュリアンは戸を閉めた。男はもう腰掛けに座っていた。身を包んでいた屍衣《しい》のような布が、腰のところまで落ちていた。肩も、胸も、痩せた腕も、一面、鱗のような膿疱に覆われていた。額には深い皺が刻まれている。鼻があるはずの場所には、骸骨のように、穴だけが開いていた。青みがかった唇から出る霧のように濃い息は、吐き気をもよおすような匂いがした。

「腹が減った」と男は言った。

ジュリアンは、小屋にあったものをすべて差し出した。古くなったラードの塊と、堅くなった黒パンの皮。

男はむさぼるように食べた。食べ終わる頃には、机にも、碗にも、ナイフの柄にも、男の体にあるのと同じ斑点が、ついていた。

男は言った。

「喉が渇いた」

ジュリアンは水差しを取りに行った。

水差しを持ち上げると、芳香がふわりと立ちのぼり、胸と鼻腔を満たした。葡萄酒である。なんとありがたい！　だが、癩の男が手を伸ばし、一気に飲み干してしまった。

それから言った。

「寒い」

ジュリアンは小屋の真ん中で、ろうそくの火を使って、羊歯《しだ》の束を燃やした。

癩の男も暖まりにきた。しゃがんだまま、がたがたと震えはじめ、次第に弱っていくようだった。目の輝きが消え、かさぶたからは膿が流れ出していた。男は聞き取れないほどかすかな声でつぶやいた。

「寝床に入れてくれ」

ジュリアンはふらつく男をそっと支えて、寝床まで歩かせた。寒くないように、舟の覆いをかけてやった。

癩の男はうめき声をもらした。口の端がめくれて歯がむきだしになり、喘ぎ声がどんどん早くなり、胸が激しく上下した。ひと息吐くたびに、腹が激しくへこみ、背骨まで届きそうになった。

男は目を閉じた。

「骨の中に氷でも入っているようだ。そばに来てくれ」

ジュリアンは布を持ち上げ、枯葉の上に、男と並んで横たわった。男はこちらを向いた。

「着物を脱いで、体で温めてくれ」

ジュリアンは着物を脱いだ。生まれた時の姿になり、また寝床に入った。癩の男の肌が、腿《もも》に触れるのを感じた。蛇のように冷たく、やすりのようにざらりとした肌だった。

ジュリアンは男を励まそうとした。男は荒い息の下から答えた。

「ああ。死ぬ、もう死ぬ……。もっとそばに来てくれ。温めてくれ。手でじゃない。違う。もっとお前のすべてでだ」

ジュリアンは体を伸ばして、男の上にしっかりと覆いかぶさった。胸に胸を、唇に唇を重ねた。

するとＡ癩の男がジュリアンを抱きしめた。男の瞳がふいに星のように輝き始めた。髪は太陽の光線のように伸び広がり、鼻からもれる息は薔薇のようなかぐわしい香りに変わった。炉床からは香の煙が立ちのぼっていた。波は歌っていた。ジュリアンの魂には、とめどない甘美さと人間の限界を超える歓喜とが、洪水のように、気が遠くなるほどまでに降り注いでいた。ジュリアンを抱きしめて離さぬその体は、大きくなり、大きくなり、ついには頭と足が小屋の壁に届くほどになった。小屋の屋根が吹き飛んだ。天空が開けていった。

こうしてジュリアンは、主イエスと向き合い、主イエスの腕に抱かれて、青い広がりの中へと昇っていった。

以上が、ほぼ、私の故郷の教会のステンドグラスに伝えられている、歓待の聖者ジュリアンの物語である。

ヘロディアス

I

死海の東方にあるマカエラスの要塞は、円錐形をした玄武岩の頂にそびえ立っていた。四つの深い谷が要塞を囲んでいた。二つは側面に、一つは正面に、四つ目は背面にあった。麓にはひしめくように家が建ち並び、その周りを、土地の起伏にしたがって上下する外壁がぐるりと取り巻いていた。町と要塞は、岩盤を削って作られたジグザグの小径によって結ばれていた。要塞の壁は、高さ百二十キュビト[1]、数多《あまた》の角が張り出し、上部には矢狭間《やざま》が連なっていた。城のあちこちから伸びる尖塔は、深淵にそびえ立つこの石の王冠の頂華《ちょうげ》のように見えた。

要塞の内部には、柱廊をそなえた宮殿があり、屋上のテラスはシカモア材の欄干で囲まれていた。天幕を張ることができるように、テラスには支柱が配されていた。

ある朝、四分封領主《テトラルケス》ヘロデ・アンティパスは、夜明け前にテラスに出て、手すりに肘をついて、外を眺めた。

眼下に広がる山々はすでに頂上が見えはじめていたが、その下は黒い塊のまま、どこまでも暗い淵に飲みこまれていた。立ちこめる朝霧の裂け目から、死海の輪郭が浮かびあがった。マカエラスの要塞の背後から射してきた曙光が、赤く滲《にじ》むように広がりはじめた。その光はやがて、岸辺の砂粒や、丘のつらなりや、荒れ野を染め、さらに遠く、ユダヤの峰々の灰色でごつごつとした山肌を照らしだした。その中央に黒い線を引いたように見えるのは、エン・ゲディの町である。少し奥まったところで、ドームのように盛り上がっているのは、ヘブロンの町。エスクオには柘榴《ざくろ》林、ソレクには葡萄畑、カルメルには胡麻畑が見える。そして、巨大な立方体のようなアントニアの塔が、エルサレムの町を睥睨《へいげい》していた。四分封領主《テトラルケス》ヘロデ・アンティパスは、そこから視線を逸《そ》らすと、右方に広がるエリコの椰子林を見つめた。それから、我が領土のガリラヤの町々のことを思った。カファルナウム。エン・ドル。ナザレ。そして、もう訪れることはないだろうティベリア。こうしているあいだにも、ヨルダン川は荒野を流れている。川は、純白に輝き、雪野原のように眩しかった。今や、死海の水は

1　一キュビトは、肘から指先までを基準とした単位で、約四十六センチメートル。城壁の高さは約五十五メートルになる。

瑠璃《るり》でできているかのごとくだった。その南の端、イエメンの方に、アンティパスは、見たくないと恐れていたものを目にした。褐色の天幕が点々と広がり、槍を構えた男たちが馬のあいだを歩きまわっている。消えゆく松明《たいまつ》が、大地すれすれに、火花のようにちらついていた。

アラブ王の軍勢がやってきたのである。アンティパスは、権力を望まずにイタリアで暮らしていた兄の妻ヘロディアスを娶《めと》るために、妻であったアラブ王の娘を離縁していたのだった。

アンティパスは、ローマ人の援軍が来るのを待っていた。だが、シリア総督のウィテリウスはいっこうに到着せず、不安はつのる一方だった。

もしや、アグリッパが、皇帝に讒訴《ざんそ》したのではあるまいか。我が兄バタネアの領主フィリポも、密かに軍備を整えているという。アンティパスが持ち込んだ偶像崇拝の風習に対するユダヤ人の反発は限界に達しており、それ以外の民もみな、アンティパスの支配に嫌気がさしていた。アンティパスは、そのようにして抵抗の気運が高まるなか、二つの打開策のうち、どちらをとるとも決めかねていた。アラブの民を懐柔するか、パルティア人と手を組むか。迷ったあげく、自分の誕生日を祝うという口実で、まさにこの日、自軍の隊長たちや地方官、ガリラヤ各地の首領を招いて、盛大な饗宴をひらこうとしていたのだった。

アンティパスは、鋭い眼差しで、街道を探った。どの道も空っぽだった。頭上には鷲が飛び交っていた。兵士たちはみな、要塞の壁に背をあずけて眠っていた。城には何ひとつ動くものはなかった。

その時、地の底から這いのぼるような、遠い、ひとすじの声に、アンティパスの顔がさっと蒼ざめた。身をかがめて、耳を澄ました時には、もう消えていた。だが、声はふたたび聞こえてきた。アンティパスは手を鳴らして、大声で呼んだ。

「マナエイ！　マナエイ！」

浴場の按摩師のように、腰まで肌脱ぎになった男が現れた。やたらと背が高く、年老いて肉はそげおち、腿には短刀用の青銅の鞘がゆれている。櫛で髪をあげて留めているために、ただでさえ縦に長い額がますます長く見える。眠気のためにぼんやりした目をしていたが、歯並みは鋭く光っていた。足指が軽やかに床石を踏み、身のこなしは猿のようにしなやかだった。顔は、ミイラのように無表情だった。

「あれはどこにおるのだ」

マナエイは、親指で後方をさしながら答えた。

「あのなかに。ずっと」

「あれの声が聞こえた気がしたのだ」

アンティパスは、大きく一息つくと、あの男、ヨカナーンについて問いはじめた。ラテン人[2]たちが「洗礼者ヨハネ」と呼んでいるあの男である。先月、ヨカナーンに会いにきたふたりの男を、寛大にも牢に通してやったが、その後、あのふたりを見たものはいるのか。何が目的で面会にきたのか、あれからわかったのか。

マナエイは答えた。

「三人はなにやら謎めいた言葉を交わしておりました。夜更けに盗人《ぬすっと》どもが四辻でやるような具合ですな。それからふたりは、高地ガリラヤへと向かいました。重大な知らせを届けに行くのだとか」

アンティパスはうつむいた。顔から血の気が引いてゆく。

「あの男を出すんじゃない！　よく見張るのだ！　誰ひとり通してもならん！　厳重に戸を閉ざすのだ！　牢を隠せ！　あれがあそこで生きていることすらわからんようにしろ！」

言われるまでもなく、マナエイはそのすべてをすでに実行していた。ヨカナーンはユダヤ人であり、マナエイはすべてのサマリア人がそうであるように、ユダヤ人を毛嫌いしていた。

サマリア人たちのゲリジムの神殿は、イスラエルの中心たるべくモーセによって定められていたのに、ユダヤ人のヒルカノス王がそれを破壊し、今では影も形もない。そのため、エルサレムの神殿は、甚だしき侮辱と打ち続く不正の権化《ごんげ》として、サマリア人の憤怒をかき立てていた。かつてマナエイは、そのエルサレムの神殿にしのびこみ、死者の骸骨で祭壇を穢《けが》したことがあった。仲間たちは逃げるのが遅れ、全員、首を刎《は》ねられた。

マナエイは、ふたつの丘の合間からその神殿が顔を出しているのを認めた。白大理石の壁と、金箔の屋根が朝陽に燦然と輝いている。光を放つ山塊のようでもあり、なにか人智を超えた、豪奢と傲慢で万物を圧《お》し拉《ひし》ぐものともみえた。

2 古代ラティウムに住んでいた民を総称してラテン人という。ローマ人より広義であるが、ローマ文化と異民族文化を対比的にとらえる際などに使われる。

　マナエイはシオン[3]の方角へすっと両腕をあげた。背すじを伸ばし、顎を引き、こぶしを固め、呪いの言葉を唱えた。言葉には、現実に効果を及ぼす力があるのだと信じながら。

　アンティパスはそれを聞いていたが、眉ひとつひそめる様子もなかった。

　マナエイは続けた。

「あの男、時おり、牢の中で騒いでおります。逃げたいのでしょう。釈放してくれと言うことも。逆に、病気の獣のように、おとなしくしていることも。あるいは、薄暗い闇の中をうろつきながら、同じ文句を繰り返していたこともございます。《こんなことがなんだというのだ。あのかたが栄えるために、この身は衰えねばならぬ》などと」

　アンティパスとマナエイは、顔を見かわした。だが、アンティパスはもう何も考えたくなかった。

　周囲の山々が、段状に押し寄せてくる石化した大波に見えた。絶壁にはさまれた黒い淵も、広すぎる青空も、眩しすぎる陽の光のきらめきも、底の見えない奈落も、なにもかもがアンティパスを混乱させた。砂漠の光景は、なおのこといけなかった。このような領土騒擾《そうじょう》の時にあっては、砂漠はただ灰燼《かいじん》に帰した円形闘技場や宮殿のことを思わせ、深い悲しみをもたらすばかりだった。熱風もまた、硫黄《いおう》の匂いとともに、あの呪われた町の瘴気《しょうき》を運んでくるような気がした。湖岸よりなお低く、湖水の重圧のもとに沈められた、あのふたつの町。[4] 神の怒りがくだされたのだと思うと、アンティパスは背すじが冷たくなった。こめかみを押さえ、一点を見つめたまま、手すりに肘をついていた。誰かが自分に触れた。振り向くと、妻のヘロディアスが立っていた。

サンダルまで届く緋色の薄いガウンに身を包んでいた。寝室から取り急いで出てきたために、首飾りも、耳飾りもつけていない。腕に落ちかかる長い三つ編みの毛先が、乳房のあいだに挟みこまれていた。つんと上を向いた鼻がわずかにふるえている。ヘロディアスは勝利の喜びに顔を輝かせ、アンティパスを揺さぶりながら、力強い声で

3　エルサレムの丘のひとつ。エルサレムと同義のことも。
4　淫行と不道徳のために天の怒りを受け、硫黄と火によって滅ぼされたソドムとゴモラの町をさす（『創世記』十九章）。「湖水の重圧のもとに沈められた」とあるのは、ふたつの町が――いまアンティパスの眼下に広がる――死海の底に沈められたと伝えられているため。

言った。

「皇帝はわたくしたちの味方です。アグリッパが牢に入れられました」

「誰から聞いたのだ」

「聞いたのです」

ヘロディアスは続けた。

「帝国をガイウスの手に、などと口にするからいけないのです」

アグリッパは、アンティパスとヘロディアスの施しを受ける身でありながら、ふたりが渇望している王の称号を、我も得んものとして画策していた。だがもうこれで、未来を脅かすものは消えたのだ。

「ティベリウス帝の牢はめったなことでは開きませんし、時には、さあ、中で生きているのかどうかも」

アンティパスにはヘロディアスの言わんとすることがわかった。ヘロディアスはアグリッパの姉であったが、弟に対してそのような残忍な思惑を抱くのも、もっともなことだと思われた。血族間での殺し合いは、いわば自然の成り行きであり、王族というもののさだめである。ヘロデ家においても、そのような話は数え切れぬほどあった。

ヘロディアスは、どのようにして事を運んだのかを誇らしげに語り聞かせた。被護民の買収から、密書の開封、さらに戸口という戸口には間諜を立たせた。しかるのち、いかにしてあの男ウティケスをそそのかし、アグリッパを告発する密告者へとしたてあげたか。

「でもそんなこと、大したことではありません。わたくしがあなたのためにしてきたことを思うならば。……わたくし、自分の娘ですら置いてきたのですから」

元の夫と離縁した際、ヘロディアスは一人娘をローマに残してきたのだった。アンティパスとの間にまた子供ができるだろうと考えたのである。ヘロディアスは、これまで一度として、その娘のことを口にしたことはなかったのに、この発作的な愛情はなんなのだろうかと、アンティパスはいぶかしんだ。

天幕はすでに広げられており、間《ま》をおかずして、ゆったりしたクッションも運び込まれた。ヘロディアスはそこに身を沈めると、夫に背を向けて、すすり泣きを始めた。瞼《まぶた》に両手をあて、もうそのことは考えたくない、今は幸せなのですから、と言った。

5　のちの皇帝カリグラ。

そして、かつてふたりで語り合った中庭《アトリウム》や、逢瀬を重ねた蒸し風呂、連れ立って歩いた聖なる道《ウィア・サクラ》のことを思い出させた。日が暮れてから、広い別荘で、心地よい噴水の音を聞きながら、花のトンネルをくぐったものだ。眼の前にはローマの田園が広がっていたではないか。ヘロディアスは、かつてそうしたように、アンティパスを見つめた。アンティパスの胸にすっと指を走らせ、甘く優しく愛撫した。アンティパスはその指を押しのけた。ヘロディアスが再び火をつけようとしている恋情は、すでに遠い日のものとなっていた。自分が今こんな目にあっているのも、すべてはその恋情に端を発していたのだった。戦争はかれこれもう十二年も続いている。四分封領主はすっかり老けこんでいた。紫の縁取りのある暗い色の長衣《トーガ》の下で、背はかがまっていた。白髪は髭ともつれていた。苦悩のにじむその額の上に、天幕に濾《こ》された陽の光があふれていた。ヘロディアスの額にも、皺は刻まれていた。ふたりは向き合ったまま、猛々《たけだけ》しい目つきで見つめ合っていた。

山道には次第に人通りができていた。牧人は牛の群れを追い立て、子供たちはロバの手綱を引き、馬丁は馬たちを御していた。マカエラスの要塞のかなたの高地から降りてきたものたちは、城の背後に消えていった。正面の谷間をのぼってくるものたちは、町に着くと、家々の中庭に荷を下ろした。四分封領主の出入り商人や、宴の客を先導する従僕たちである。だが、テラスの奥、左の方から、ひとりのエッセネ派[6]の男が現れた。白い長衣に素足で、いかにも禁欲的に見える。右側にいたマナエイは、短刀を振り上げて、襲いかかろうとした。

ヘロディアスが鋭く声をあげた。

「殺《や》っておしまい」

「よせ！」アンティパスが言った。

マナエイはぴたりと動かなくなった。男も動かない。

やがてふたりは、互いに目を逸《そ》らさぬまま、後ずさりをして、別々の階段からさがっていった。

「わたくし、あのものを知っております」ヘロディアスが言った。

「ファニュエルという名で、どうにかしてヨカナーンに会おうとしているのです。あ

6　ユダヤ教の三大宗派のひとつ。世俗との関係を断ち、心身の不浄を避け、禁欲的な精進によって信仰を貫いた。

なたがあの男にいつまでもとどめを刺さないでいるからですわ」

ヨカナーンはいつか役に立つかもしれないのだ、とアンティパスは反論した。ヨカナーンがエルサレムを非難したおかげで、残りのユダヤ人たちがこちらの味方についたではないか。

「それは違います」ヘロディアスは言った。

「ユダヤ人というものは、どんな君主にだって頭をさげるものなのです。自分たちの手で国ひとつつくりあげることができない輩《やから》ですから」。そうである以上、ネヘミヤ以来受け継がれてきた希望[7]をちらつかせて、ユダヤ人を扇動するヨカナーンのような男は、抹殺こそが最善である。

殺すのはいつでもできる、とアンティパスは言った。あのヨカナーンが危険だって？　いやはや！　アンティパスは笑ってごまかそうとした。

「おやめになって」

それからヘロディアスは、またいつものように、ヨカナーンに侮辱された日の話、バルサム[8]を集めにガラードへ行った日のことを言いたてるのだった。「川岸で、水からあがって服を着ている人々がおりました[9]。そのわきの盛り土の上で、あの男が話をしていたのです。ラクダの毛皮を腰に巻き、顔つきは獅子のようでした。それがわたくしの姿を認めると、たちまち呪いの預言を雨あられと降らせてきたのです。燃える瞳に、獣のような声。雷《いかずち》を放つかのように、腕を振り上げて。逃げることもかないませんでした。車軸が埋まるほど砂が深かったのです。それでも少しずつ遠ざかりました。外套に身を隠して。土砂降りの雨のようなあの呪い。まったく身も凍る思いでした」

ヨカナーンがいては、普通に息をすることすらできない。だからこそ、ヨカナーンをとらえて縛りあげた時には、もしも抵抗するようであれば、殺してもかまわぬと兵士たちに命じてあったのだ。だが、ヨカナーンはおとなしく言いなりになった。そこで土牢の中へと蛇の群れを投げ込んでみたが、蛇のほうが死んでしまった。奸計《かんけい》がどれも不首尾に終わるので、ヘロディアスは激昂した。そもそも何だってあの男は、こうも自分を目の敵《かたき》にするのか。そんなことをしたところで、いったい何の

7　ネヘミヤはユダヤの指導者。預言者エリヤが復活するだろうと預言した。
8　植物から分泌される芳香性の樹脂。
9　ヨカナーン（洗礼者ヨハネ）により川で洗礼を受けたあと、衣服を着ていたということ。

得になるというのか。あの男が民衆に叫ぶ言葉は、口から口へと伝わり、誰もがささやきあい、至るところから聞こえてくる。空気に充満しているかのようだ。いっそ軍団が攻めてきたというのなら、勇ましく迎え撃ってもみせよう。だが、剣《つるぎ》よりも危険で、ひっつかまえることもかなわぬあの言葉の力の前には、もう手も足も出ぬ。ヘロディアスは、テラスを歩きまわった。怒りで顔が蒼白になり、息を詰まらせる感情を言い表す言葉がどこにも見つからなかった。

ヘロディアスは、四分封領主が世間の非難に負けて、自分を離縁しはすまいかと恐れていた。そんなことになれば、すべては水泡に帰す。偉大な帝国を支配するという夢は、少女の頃から育んできたものであった。ひとり目の夫を見限って、アンティパスと一緒になったのも、その夢をつかむためであった。だが、この男は自分をだましたのだ。

「あなたのご一族に加えていただきまして、まったく心強いことですわ」

「わしの一族は、お前の一族に劣りはせん」

アンティパスはそっけなく言った。

ヘロディアスは、祭司や王を輩出した一族の血が全身に煮えたぎるのを感じた。

「あなたのおじいさまなど、アスカロンの神殿の掃除番ではありませんか！　あとは羊飼いに、追い剝《は》ぎに、隊商の案内人！　ダヴィデ王の御代からこのかた、ユダ族に朝貢するばかりの遊牧民ですわ。わたくしの先祖はことごとく、あなたの先祖を打ち負かしたのです。あなたがたをヘブロンから追い出したのは初代マカバイ！　あなたがたに割礼を受けさせたのは、ヒルカノス王ですからね！」

ヘロディアスは、血統貴族《パトリキ》の平民《プレブス》に対する軽蔑、ヤコブがエドムに対して抱いた憎しみを隠そうともせず、アンティパスをなじり始めた。[10] あなたはなぜ侮辱されても平気なのか、裏切り者のファリサイ派に対して、なぜそうも手ぬるいのか、わたくしを

10 『創世記』より。アブラハムの息子ヤコブは兄エサウを出し抜いて長子権を奪い、イスラエルの民（すなわちユダヤの民）の十二氏族の始祖となった。兄エサウはエドムの地に逃れ、エドム人の祖となった。エドム人は、ユダヤ十二氏族のうちもっとも重要な氏族であるユダ族のダヴィデ王の支配下に入り、次第にユダヤ教化された。アンティパスの父であるヘロデ大王はユダヤ教に改宗したエドム人であり、ローマによって「ユダヤ人の王」として擁立されてからも、元来のユダヤ人からは反感や侮蔑をもって迎えられた。ヘロディアスは自分がヘロデ大王以前、約百年間にわたってユダヤの王と大祭司を世襲してきたマカバイ家の直系（ヤコブの子孫）であることを鼻にかけて、アンティパス（エドムの子孫）を見下している。

嫌っている民に対して、なぜ手を打とうともしないのか。

「あなただって、本当は同じなのでしょう。並べた石のまわりで踊るあのアラブ女のほうがよかったと、そうお思いなのでしょう。ならば、また娶られるがよいのです。ここを出て、どうぞご一緒に、布切れの家でお暮らしなさい。灰の下で焼いたパンでも、羊の凝《こご》り乳でも召し上がるがよいのです。あの青白い頬にくちづけをすれば、わたくしのことなど忘れてしまうでしょうよ」

四分封領主はもう聞いていなかった。民家の屋上に出ている、ひとりの若い娘を見ていたのだ。年老いた側女《そばめ》が、釣竿のように長い葦《あし》の柄《え》のパラソルをさしかけている。足元の絨毯の真ん中では、旅の大きな葛籠《つづら》が開けっぱなしになっており、ベルトや、ヴェールや、金銀細工の宝飾品が雑然とこぼれだしていた。娘はその上に身をかがめては、なにかを取りだし、ためつすがめつしていた。ローマの女たちのように、鏝《こて》で折り目をつけた上衣《トゥニカ》をつけ、縁《ふち》にエメラルドの垂れ飾りを散らした外衣《ペプロス》をまとっている。[11]青い革ひもでまとめた髪が豊かすぎるのか、時おり手でおさえるようなしぐさをしている。パラソルの影が頭上を行きかい、娘の姿は半ば隠されていた。アンティパスは、二度、三度、そのほっそりとした首や、目尻や、小さな唇の端を見ることができた。だが、アンティパスが見ていたのは、娘が身をかがめては起き上がるときの、腰からうなじまでのそのしなやかさだった。次にまたいつあの動きをするものかと待ちかまえていた。呼吸が次第に荒くなってきた。目に炎がやどった。ヘロディアスがそれをすっかり見届けていた。

「あれはどこの娘だ」アンティパスは尋ねた。

ヘロディアスは、存じません、と答えると、急に気がすんだかのようになって、立ち去っていった。

柱廊には四分封領主を待つ人々が集まっていた。ガリラヤの民、帳簿頭、放牧長、塩田管理人、騎兵を指揮するバビロニアのユダヤ人。一同は歓声をあげてアンティパスを迎えた。それからアンティパスは宮殿の奥へと姿を消した。

ふいに、廊下の角から、エッセネ派のファニュエルが現れた。

「なんだ、そなた、まだいたのか。さてはヨカナーンのことだな」

11 古代ローマの服装のうち、トゥニカは男女とももっとも基本的な日常着。二枚の布を肩と脇で縫いあわせ、首からかぶって紐で締める。ペプロスは、裾まであるゆったりとした外衣。長方形の布を上半身のみ二重になるように縦に折り返し、肩でとめる。

「それもありますが。重大なお話をお耳に入れねばと」

ファニュエルはアンティパスの後について、うす暗い居室に入った。

鉄格子から射しこむ陽の光が、コーニス[12]の下の壁面にずっと広がっていた。壁は柘榴《ざくろ》色に塗られており、ほとんど黒に近かった。部屋の奥には、牛革ベルトを張った黒檀の大寝台[13]が置かれていた。その上には、黄金の盾が太陽のように輝いていた。

アンティパスは部屋を突っ切ると、寝台にごろりと寝そべった。

ファニュエルは立ったままでいた。片腕をあげると、天啓を受けたような様子で言った。「いと高きかたは、時にその御子をつかわされる。ヨカナーンはそのひとり。ヨカナーンを殺せば、天罰をお受けになるでしょう」

「わしを攻撃しているのは、あやつではないか！」

アンティパスは声を荒らげた。

「あやつは、できるはずもないことを要求してきたのだ。それ以来、わしに咬みついてやまぬ。だが、わしとて、はなから手荒にしたわけではない。だがあれは、このマカエラスの地から手下をさし送って、わしの領土を撹乱《かくらん》するようなことまでしたのだ。あんなやつの命には、禍《わざわい》がくだるがよいのだ。わしは、やられないように身を守っ

ている だけだ」

「あのかたの怒りは、確かに度を越しております」

ファニユエルは続けた。「だが、それでも、釈放せねば」

「狂った獣の鎖を解くわけにはゆかぬ」四分封領主は言った。

ファニユエルは答えた。

「もはやそのようにご心配なさる必要はないのです。ヨカナーンはこれから、アラブ人、ゴール人、スキタイ人のもとへと赴くのですから。あのかたの業《わざ》は、地の果てまでも広がることでしょう」

アンティパスは、幻を見るような、遠い目になった。

「あれの力はひどく大きい。わしですら、あれに惹かれている」

「ならば、自由の身に？」

四分封領主はあいまいに首をふった。ヘロディアスがおそろしく、マナエイがおそ

12　天井と壁の継ぎ目となる帯状の装飾部分。
13　幅広の革ベルトを縦横の格子状に組んでベッドフレームに張り、寝る面としたもの。

ろしく、未知なるものはなんであれおそろしかった。

ファニュエルは、四分封領主を説き伏せようとした。自分の提案の保証として、エッセネ派がこれまで歴代の領主に服従してきたことを持ちだした。清貧に生きるエッセネ派は、艱難《かんなん》にあっても節をまげず、麻布をまとい、星辰《せいしん》に未来を読む者として世の尊敬を集めていた。

アンティパスは、先ほどのファニュエルの言葉を思いだした。

「さっき重要だとか言っていた、あれは何の話だ」

そこへ、ひとりの黒人奴隷が駆け込んできた。ほこりで全身が真っ白である。すっかり息があがっていて、こう告げるのがやっとだった。

「シリア総督のウィテリウスさまが」

「何？　見えられたのか？」

「確かに、お姿を。あと三時間ほどで、こちらへ」

一陣の風にあおられたかのように、廊下の帳《とばり》がばたばたと音を立てた。城中が一気に騒然となり、人々の走りまわる足音がした。家具を引きだす音や、銀器がなだれ落ちるけたたましい音が響いた。塔の上からは、あちこちに散らばっていた奴隷たちを呼び集めるために、喇叭《らっぱ》が吹き鳴らされた。

Ⅱ

城壁はすでに人々であふれかえっていた。中庭に入場したウィテリウスは、通訳の腕にもたれ、羽根飾りと鏡で飾られた大きな輿《こし》を従えていた。長衣《トーガ》の上に、元老院の紫の条《じょう》飾りをつけ、執政官《コンスル》の半長靴をはき、警士《リクトル》たちが取り巻くように護衛していた。警士たちは、各自の束桿《ファスケス》を扉に立てかけた。斧を中心に革紐でくくった棒の束が、十二本。このローマの民の威光を前にして、誰もが恐れをなした。

八人の男に担がれていた輿が止まった。中から出てきたのは、十四、五歳の少年である。突き出た腹をして、顔に吹き出物を散らし、指には真珠がつらなっている。香料を効かせた葡萄酒をなみなみと湛《たた》えた盃《さかずき》が、少年に差し出された。少年はごくごくと飲み干すと、もう一杯、と所望した。

四分封領主《テトラルケス》は属州長官《プロコンスル》[14]のひざもとに身を投げた。ご到着の報を存ぜずにおりましたこと、まことに慙愧《ざんき》に堪えませせぬ。このように急なお越しでなければ、ウィテリウス家にふさわしいお支度を街道沿いに整えておきましたものを。なにしろ、ウィテリウスさまのご家系は、あのウィテリア女神の末裔。ヤニクルムの丘から海までの街道には今もその名が冠され、数多《あまた》の執政官と財務官を輩出なさったご家系であらせられます。こうして我が客人にお迎えいたしましたルキウスさまには、キリキアを討伐なさったかたとしても、若きアウルスさまの御父君としても、我ら一同感謝に堪えませぬ。お若きアウルスさまは、さあ、あたかも、馴染みの土地にお帰りになられたかのようでございますね。なにしろ東方《オリエント》は、神々の故郷であられますから。こうした大袈裟な美辞麗句がラテン語で述べ立てられ、ウィテリウスは冷ややかにそれを受けた。父君ヘロデ大王こそ、と、ウィテリウスは返礼の辞を述べた。ただおひとかたで、一国の誉れには十分なほどの人物であられた。あのかたは、アテネ市民からオリンピック競技会の監督職を委ねられ、また、アウグストゥス帝を讃える神殿をいくつも建造なさった。忍耐を知り、知略に富み、民には畏怖の念を起こさせ、しかも歴代皇帝には常に忠誠を示されたかたであった。

青銅の柱頭をいただく円柱のあいだに、ヘロディアスの姿が見えた。香油を燃やす真っ赤な盆を捧げ持つ女官と宦官《かんがん》たちに取り巻かれ、王妃さながらに歩んでくる。

属州長官は、ヘロディアスの方へ歩を進めると、会釈をして迎えた。

「なんたる幸せ」ヘロディアスは言った。

「ティベリウス帝の敵アグリッパは、今や、その害毒を及ぼせぬ身になりました」

ウィテリウスはその一件をまだ知らされておらず、これは危険な女だと思った。そこへアンティパスが、帝国のためとあれば、このわたくし、いかなることでもいたします、と誓うので、ウィテリウスは後を引き取った。「たとえ他人を踏み台にしてもな」

かつてウィテリウスは、パルティアの王から人質を差し出させたことがあった。だが、皇帝はその功績をもはや思いだしてもくれなかった。その朗報をいちはやく皇帝に届けさせたのがアンティパスだったからである。アンティパスは交渉の場に立ち会っただけだったのに、我が身を引きたたせようとして手柄を横取りしたのだ。以来、ウィテリウスの恨みは深く、このたびの救援が速やかでなかったのも、それが原因だった。

14 ローマが属州に派遣した総督のこと。

四分封領主は口ごもった。するとアウルスが笑って言った。

「そうまごつくな。俺が守ってやるから」

属州長官は聞こえないふりをしていた。父である自分の出世は、この息子の痴態にかかっていた。[15]カプリ島の泥濘《でいねい》に咲いたこの花は、あまりにも大きな恩恵をもたらすものであるがゆえに丁重に遇してもいたし、またそれは毒の花でもあったから、気をゆるすこともできなかった。

門のあたりが騒然となった。祭司服をまとい、白い騾馬《らば》に乗った男たちの行列が入場してきた。サドカイ派の者たちとファリサイ派の者たちである。[16]どちらも、同じ野心をもって、このマカエラスまでやってきたのだ。サドカイ派は、大祭司の職を得るために。そしてファリサイ派は、その職をサドカイ派に奪われぬために。両派とも陰鬱な顔つきであったが、とりわけ、ファリサイ派の者にそれが目立った。ファリサイ派は、ローマとも四分封領主とも険悪だったからである。ファリサイ派の者たちは、雑踏にもまれて上衣《トゥニカ》の裾をとられ、身動きがとれなくなっていた。額には聖なる言葉を刻んだ羊皮紙を巻き、[17]頭上では冠《かぶ》り物がぐらついていた。

ほぼ時を同じくして、前衛のローマ兵たちが到着した。盾はほこりよけのために、袋に収められていた。その後に、属州長官の副官マルセルスと、書字板を小脇にかかえた税務官たちが続いた。

アンティパスは主要な側近たちの名を挙げた。トルマイ。カンテラ。セオン。土瀝青《アスファルト》の仕入れをおこなうアレクサンドリアのアンモニウス。軽装歩兵長のナアマン。バビロニア人のイアシム。

だが、ウィテリウスの目にとまったのは、マナエイであった。

「あの男は何だ」

首斬り人である、ということを、アンティパスは手ぶりで示した。

それからサドカイ派の者たちを紹介した。

15　カプリ島はティベリウス帝が晩年に淫蕩生活を送った場所。アウルスはティベリウス帝の寵童のひとりであった。

16　サドカイ派とファリサイ派はユダヤ教の三大宗派のうちのふたつで、激しく敵対していた。もうひとつのエッセネ派もふくめ、それぞれの宗派の特徴を解説することをフローベールは避け、各登場人物や物語展開を通じて、徐々にほのめかす手法をとっている。

17　モーセの律法を重んじるファリサイ派には、律法を書きつけた羊皮紙を頭や腕に巻く風習があった。

ひとり目は、開放的な雰囲気で、ギリシア語を話す、ヨナタスという小柄な男だった。サドカイ派の誉れのために、総督にはぜひエルサレムを訪れていただかなければ、と必死に願いを述べた。いずれそのうちには、とウィテリウスは答えた。

次は、鉤鼻《かぎばな》で、長い髭を生やしたファリサイ派のエレアザールという男だった。俗権によってアントニアの塔に押収されております大祭司の聖衣を、どうか我らファリサイ派の手に御下賜《ごかし》くださいますよう。[18]

続いて、ガリラヤ領の者たちが、ポンティオ・ピラトを告発した。サマリア近くの洞窟に、ダヴィデ王の金の聖壺を探そうとした狂者がでたとき、ポンティオ・ピラトはそれに乗じて、付近の住民たちを虐殺したのである。[19] それからは、だれもが口々に申し立てを始めた。とりわけその口調が鋭かったのが、マナエイである。ウィテリウスは、罪を犯した者たちは、必ず罰せられるであろう、と言った。

柱廊の正面で、怒号が沸き上がった。兵士たちが盾を掛けておいた場所である。覆いが取り外されて見ると、盾の中央浮彫《ウンボ》に、皇帝の肖像があったのだ。ユダヤ人にとっては、それは偶像崇拝にあたった。アンティパスは言葉を尽くして、ユダヤ人をなだめにかかった。列柱にはさまれた一段高い席からそれを見ていたウィテリウスは、ユダヤ人の反発の激しさに驚いていた。してみると、ティベリウス帝が四百人のユダヤ人をサルデーニャへ流刑にしたのは、やはり理にかなった処置であったのだ。しかし、今、ユダヤ人は自分の故郷にいて、強気である。ウィテリウスは、兵士たちに命じて、盾を覆わせた。

たちまちユダヤ人の群れがわっと属州長官を取り囲んだ。不正の是正、特権の授与、寄進を嘆願する声が次々とあがった。服は破れ、押しのけあいが続き、場所を空けようとする奴隷たちが棒を振り下ろす。門の一番そばにいたものが小道に降りたかと思えば、城壁に取りつこうとするものもいた。流れに逆行するものが出たために、入る波と出る波がぶつかり、城壁の内側はうごめく人の群れでごった返した。

18　ユダヤの大祭司の式服がローマの衛兵長によって管理されるようになっていたことをさす（フラウィウス・ヨセフス『ユダヤ古代誌』十八巻四章三節）。

19　ある狂人の虚言を信じてサマリア人たちがモーセの埋めた聖なる器を探すために武器を手にとって集結した際、ローマから派遣されたユダヤ属州の総督ポンティオ・ピラトは、それに乗じてサマリア人たちを虐殺した（フラウィウス・ヨセフス『ユダヤ古代誌』十八巻四章）。イエスの処刑を許容しながら、自らに罪なしとした総督ピラトと同一人物。

ウィテリウスはなぜこうも人が多いのかと尋ねた。自分の誕生祝いがあるのだとアンティパスは答えた。そして、矢狭間《やざま》から身を乗り出して、籠を引き上げようとしている召使いたちを示した。肉の籠、果物の籠、野菜の籠が見える。羚羊に、コウノトリに、大きな紺碧の魚。葡萄、西瓜《すいか》、山のように積まれた柘榴《ざくろ》の実。その光景を目にしたアウルスは、どうにもたまらなくなり、後年、天地をも驚嘆させたあの食欲にかられて、[20]厨房さして駆けだしていった。

アウルスは、地下納骨所のそばを通った時、甲冑に似た大鍋が並んでいるのを見たように思った。ウィテリウスが確認しにやってきた。そして、要塞の地下室をすべて開示するようにと命じた。

地下の部屋は岩石を削り出したもので、等間隔に並ぶ柱が丸天井を支えていた。最初の部屋に収められていたのは、古色蒼然とした鎧だった。だが、二つ目の部屋には、大量の槍が立ち並んでいた。羽根の房飾りから、長い刃先がずらりと顔を出している。三つ目の部屋は、葦《あし》のマットを壁に貼りめぐらしたごとくだった。それほどまでに隙間なく、無数の細い矢が垂直に詰まっていたのである。四つ目の部屋の壁は、三日月刀の刃で覆われていた。五つ目の部屋では、中央で鉄兜が対陣を組み、その羽根飾りが赤い蛇の群れのようにゆれていた。六つ目の部屋には矢筒が、七つ目の部屋にはすね当てが、八つ目の部屋には腕鎧がぎっしりと集められていた。続く部屋を開けると、二叉槍、四爪鉤、梯子《はしご》、縄束《なわたば》が現れた。投石器《カタパルト》の腕木から、ラクダの胸にさげる鈴までが揃っていた。そのうえ、岩山は末広がりになっており、小室は蜂の巣状に刳《く》りぬかれているのだから、下に行けば行くほど、もっと多くの部屋があるはずだった。

三人の宦官がかかげる松明《たいまつ》を頼りに、ウィテリウスと、通訳のピネウス、税務官のシセナが、それらの部屋を見て回った。

蛮人が編み出した忌まわしい武器が、暗がりの中から浮かび上がった。釘を植えた棍棒や、切っ先に毒を塗りつけた投げ槍。ワニの顎を思わせる鋏《やっとこ》型の拷問具。結論としてわかったのは、このマカエラスの要塞に、四分封領主は四万人の兵士が戦争をするに足るだけの武器を備蓄している、ということだった。

これだけのものを揃えたのは、敵が連合を組んだ場合にそなえてのことであった。

20　アウルスは、紀元後六九年一月に、ローマ皇帝の位に上りつめる。アウルスの大食については、スエトニウス『ローマ皇帝伝』「ヴィテリウスの生涯」十三章や、タキトゥス『歴史』が伝えている。

だが属州長官は、それをローマを倒すためのものと考えることができたし、とりわけ、そう口にすることができた。四分封領主は、あれこれと言い逃れの道を探った。

いや、これは自分のものではない。ほとんどの武器は賊から身を守るためのものであるし、それに、アラブ人に対抗するためにだって、いずれにしても必要なものなのだ。いや、それとも、すべては父の代からのものである、と言えばよいか——。四分封領主は、属州長官の後ろについて歩くのをやめると、足早に彼の前へとまわった。それから壁際に身をよせると、大きく両腕を広げ、トーガで幕をつくるようにして壁を隠した。だが、頭の先から、扉の上部がのぞいていた。ウィテリウスは扉に気がついて、中を見せるように言いわたした。

扉を開けることができるのは、バビロニア人の側近だけである。

「ならばそのバビロニア人を呼ぶように」

皆は待った。

そのバビロニア人の父親は、かつてユーフラテス河のほとりから、東方の辺境警護のために五百人の騎士を引き連れて、ヘロデ大王のもとに馳せ参じたのだった。ヘロデ大王が逝去し、王国が分割されたとき[21]、息子のイアシムはバタネアの領主となったフィリポのもとに残ったが、今ではアンティパスに仕えているのだった。イアシムがやってきた。肩に弓をかけ、手に鞭を握っている。捻《ねじ》れた脚には色とりどりの紐がきつく巻きつき、袖なしのトゥニカから剝き出しの太い腕が出ている。毛皮の帽子が顔に影を落とし、縮れた巻きひげが顔をつつんでいた。

イアシムは初め、通訳の言っていることの意味がわからないという顔をした。だが、ウィテリウスがアンティパスに一瞥を投げると、アンティパスはただちにウィテリウスの命令を繰り返した。イアシムは、扉に両手を当て、力を込めた。扉はゆっくりと、壁の奥に吸い込まれていった。

むっとする熱風が、奥の暗がりから吹きだしてきた。下へ降りるための一本の通路

21 ヘロデ大王の死後、領土は四分割され、三人の息子と大王の妹によってそれぞれ統治された。四分封領主（テトラルケス）の職名はそこから来る。四分封領主は、ローマの属州となっていたユダヤを支配する代理統治者でしかなく、父ヘロデ大王のように「王」を名乗ることをローマに許されなかった。そのため、アンティパスとヘロディアスは「王の称号」を渇望していたのである（一四八頁）。四分封領主の上に、ローマ直轄領のシリア総督が置かれていた。アンティパスの領土は、ガリラヤとペレアであり、マカエラスの要塞はペレアにある。

が螺旋状に延びている。一行が下に着くと、どの地下室よりも大きな洞窟の入り口が見えた。洞窟をたどってゆくと、出口はアーチ形の開口部になっており、要塞の側面を守る断崖へと抜けていた。洞窟の丸い天井には、ひとむらのスイカズラが根を張り、宙にこぼれかかる花々に陽が燦々と降りそそいでいる。足元には、細い水の流れがかすかな音を立てていた。

そこにいたのは、白馬の群れであった。ざっと百頭ほどだろうか。口の高さにしつらえられた板から、大麦を食《は》んでいる。どの馬もみな、たてがみが青く塗られ、蹄の先が出る萱《かや》編みのカバーをつけていた。両耳にはさまれた毛の房が、かつらのようにふっくらと、額当てに落ちている。長々とした尻尾《しっぽ》をけだるげに動かしては、後ろ脚の関節に打ちつけていた。属州長官は、感嘆のあまり、声も出なかった。

見事な、素晴らしい獣であった。蛇のようにしなやかで、鳥のように軽く、騎士が矢を放てばたちどころに駆けだし、敵の腹にかみつき、地に倒した。岩場の難所を難なく切り抜け、底なしの淵を臆さずに飛び越えた。一日中でも草原を疾駆するかと思えば、掛け声ひとつでぴたりと足を止めた。イアシムが入ってゆくと、馬たちは、羊飼いを認めた羊たちのように、すぐさまこちらにやってきた。首を差し伸べ、子供のような目つきで、心配そうにイアシムを見た。イアシムは、つい習慣で、喉の奥からかすれ声の合図を出した。馬たちはいっせいに勢いづいた。前脚を振り上げ、もっと広い場所を欲しがり、駆けだしたくてたまらないという様子を見せた。

アンティパスは、ウィテリウスに奪われぬとも限らぬという恐れから、あらかじめ馬たちをこの場所に隠しておいたのだった。本来であれば、ここは、包囲戦の際に家畜を入れておくための空間だった。

「厩舎がよくないようだな。これでは馬をだめにしかねん。シセナ、台帳につけよ」

税務官は帯から板を取りだすと、馬を数え、台帳に書きつけた。徴税組合の代理人が賄賂《わいろ》で執政官を堕落させ、地方財が横領されるのはめずらしくもないことだった。シセナもまた、イタチのように小狡《こずる》そうな口元で、目をきょろきょろさせながら、そこらじゅうを嗅ぎまわっていた。

一行はようやく上の中庭へと戻っていった。

中庭の敷石には、いくつもの水溜めを覆うための青銅の丸板が置かれていた。税務官は、ひときわ大きな丸板に目をとめた。上を歩いた時の足音が、他とは違うようである。行きつ戻りつしながら、すべての板の上で音を聞き比べると、とうとう小躍りしながら、叫んだ。

「ここだ！　見つけました！　ヘロデの宝はこの下です！」

ヘロデ大王の財宝とは、ローマ人が血眼《ちまなこ》になって探しているものであった。

そんなものは実在しません、と四分封領主は誓った。

ならばこの下には何があるというのか？

「何にもございません。男がひとりいるだけです。囚人です」

「ならば、見せてもらおう」ウィテリウスは言った。

四分封領主は従わなかった。従えば、ユダヤ人たちに秘密が知られてしまう。なかなか丸蓋を開けたがらずにいると、ウィテリウスが苛々し始めた。

「突き破れ」と、警士たちに言い放った。

マナエイにも、彼らがしようとしていることは察せられた。[22]だが、斧が見えたので、これはヨカナーンの首を刎ねるのだと思いこんだ。それならば、と、丸板への一撃目が振り下ろされたところで、すっと警士たちを制して、丸板と敷石の間になにか鉤のようなものを差し込んだ。痩せた長い腕に力を込めると、丸板がゆっくりと持ち上がり、音をたてて外れた。一同はこの老人の腕力に驚嘆した。蓋の裏は木で補強されており、その下から、同じ大きさの揚げ蓋が現れた。こぶしで一突きすると、それは二枚に折りたたまれた。穴が現れた。手すりのない階段を壁にめぐらせた巨大な地下牢である。縁から身を乗り出すと、その底に、なにかぼんやりと、恐ろしいものが見えた。

誰か人間が、地べたに横たわっていた。体を覆う長い髪が、背を覆う獣の毛皮に絡みついている。男が立ちあがると、水平にはめこまれた格子戸に、額が触れた。男は、幾度かまた、洞の奥に姿を消した。

太陽は冠の先や剣の柄頭《つかがしら》をきらめかせ、敷石をじりじりと灼いていた。帯状装飾《フリーズ》で飾られた軒下からは白鳩の群れが飛び出し、中庭の上空で円を描いていた。いつもならば、マナエイが餌を撒く時間なのだ。だが今マナエイは、アンティパスの前で身をかがめている。そしてアンティパスは、ウィテリウスの傍らで、気をつけの姿勢をとっている。その後ろには、ガリラヤ人、祭司、兵士たちの円陣ができていた。誰も

22 ウィテリウスたちとの会話はラテン語でなされているため、マナエイにはすべての状況がわからない。

が口をつぐみ、次に何が起こるかを、固唾《かたず》を呑んで見守っていた。ついに、大きなため息がひとつ聞こえてきた。太くこもった、洞内に反響する声。屋敷の反対側にいたヘロディアスがその声を聞きつけ、魅《ひ》かれる気持ちに負けて、群衆をかきわけてきた。そして、マナエイの肩に手をかけると、穴の上に身を乗り出して、耳を澄ました。

　声が立ちのぼった。

「ファリサイびとよ、サドカイびとよ、汝らに禍《わざわい》あれ。蝮《まむし》の種族よ。膨れあがった革袋よ。音ばかり大きなシンバルよ」

ヨカナーンの声であった。その名が口々にささやかれた。他のものたちも駆けつけてきた。

「汝らに禍あれ。民びとよ。ユダ族の裏切り者よ。エフライム族の酔漢よ。豊沃な谷間に住まうものたちよ。葡萄酒の香気で、足元すらおぼつかぬものたちよ。

散るがよい。消えるがよい。流れる水のごとく。這いつつ溶けるナメクジのごとく。日を見ることもない月足らずの胎児のごとく。

モアブ[23]よ。汝は雀のごとく糸杉の木に逃げ込み、砂漠ネズミのごとく洞窟に身をひそめるだろう。要塞の門は胡桃《くるみ》の殻よりもあっけなく打ち割られ、城壁は崩れ落ち、町は炎上する。それでも、天のくだす災いは、やむことがないだろう。汝らの四肢は、染色桶に浮かぶ毛糸束のごとく、汝らの血の中を泳がせられる。天は、真新しき馬鍬の刃のごとく、汝らを八つ裂きにするだろう。汝らの肉のかけらは、山という山に散り敷かれるのだ」

一体、いかなる征服者の話をしているのだろうか。ウィテリウスのことだろうか。かくなる殺戮を遂行できるものといっては、ローマ人を措《お》いて他にない。あちこちから非難の声があがった。

「もういい、たくさんだ、やめさせろ」

声はいっそう高らかに続けた。

「母親の屍骸の横で、幼き児らは、灰の中を這いまわるだろう。パンを求めるものは、

23　死海の北東に住むモアブ人は、イスラエルの民に敵対していた。士師エフド、サウル王に討たれ（『士師記』三章十二節、『サムエル記』上、十四章四十七節）、ダヴィデ王に隷属した（『サムエル記』下、八章一—二節）。また、ロトとロトの娘とのあいだに生まれた子モアブを祖先としている（『創世記』十九章）。

夜更けに、瓦礫の中を、剣に怯えながら進むのだ。日暮れ時に老人たちが語っていた広場では、ジャッカルが骸骨を奪い合うであろう。乙女はみな涙をのんで、異国の祝宴で竪琴《キタラ》を奏す。どれほど勇敢な汝らの息子たちも、屈めた背中の皮が剝けるほど、重い荷を背負わされるだろう」

民はみな、流謫《るたく》の日々のことを、歴史に伝わるあらゆる災厄をまざまざと思い浮かべた。古《いにしえ》の預言者たちもこのように語っていたのではなかったか。ヨカナーンは、彼らと同じ言葉を、一撃、また一撃と、烈《はげ》しく放っていた。

だがふいに、その声は穏やかに、やさしく、歌うような調子になった。解放の時が訪れるのだという。天は光に満ち、竜の洞窟に腕を差し入れるのもいとわない新しき児らが産まれるであろう。粘土の代わりにすべては黄金となり、砂漠は薔薇の花のごとく花ひらく。「今は六十キカール要るものも、たった一オボロスで手に入るだろう。岩間からは乳が湧きだし、民は葡萄の圧搾小屋のなかで、腹を満たして眠りにつくだろう。ああ、一体いつになったら、おいでになるのですか。こんなにもお待ち申し上げているあなたは。民は、みな、すでに跪《ひざまず》いております。ダヴィデの子よ[24]、あなたの御代は永遠に続くことでしょう」

アンティパスはぎくりとして、後ずさった。ダヴィデの子、という言葉が、自分への侮辱であり、脅しであるかのように感じられたのだ。

ヨカナーンは四分封領主の王権を罵倒した。

「永遠なる主より他に、王など存在せぬ！　不信心者アハブ[25]のような、お前の庭園、お前の彫像、その象牙の家具！」

アンティパスは胸にさげた印璽《いんじ》の紐を引きちぎり、黙れ！　と叫んで、穴の中に投げつけた。

声は答えた。

「黙るものか。熊のように、野生のロバのように、子を産む女のように、叫び続けてやろう。お前の近親婚にはすでに罰がくだされた。神の怒りは、お前を、ラバのごとく、永遠に子をなせぬものとしたのだ」

24　イスラエルを救う救世主《メシア》は、古代イスラエル全土を統治したダヴィデ王の子孫から出ると信じられていた。

25　イスラエルの王アハブはフェニキア人の妻イェゼベルにそそのかされて、フェニキアの異教であるバアル神を信仰するようになった（『列王記』上、十六章）。

打ち寄せるさざなみのように、笑い声が広がった。

ウィテリウスは立ち去ろうとしなかった。通訳が無感動な声で、ヨカナーンの発する罵りの言葉を、ローマ人の言葉で逐一繰り返した。四分封領主とヘロディアスは、二度にわたって侮辱を耐え忍ばねばならなかった。四分封領主が苦しげな息をもらす横で、ヘロディアスは茫然として穴の底を見つめていた。

ヨカナーンは鬼気迫る様子で真上を向くと、格子をつかみ、顔を押し当てるようにして叫んだ。蓬髪《ほうはつ》の隙間から、炭火のように赤々と燃える目がのぞいている。

「ああ！　お前か、イエゼベル[26]！　靴音ひとつで男の心を虜《とりこ》にしたお前。牝馬のように声をあげ、山頂に褥《しとね》を敷き、その同じ場所で聖なる供犠もしようというお前！

主は、そんな耳飾りなどは引きちぎってしまうわ。その緋色の寛衣も、麻のヴェールも、腕をかざる輪も、足の指輪も、額にゆれる小さな金の三日月も、銀の鏡も、駝鳥の羽根の扇も、背を高くみせる螺鈿《らでん》の靴も、高慢なダイヤモンドの飾りも、髪にたきしめた香のかおりも、爪に塗りこんだ色粉《いろこ》もすべて、懶惰《らんだ》なお前が弄する手管のすべてをだ！　姦淫の女に投げつける石はいくらあっても足りはせぬ」

ヘロディアスは、誰かかばってくれる者はいないのかと、あたりを目で探った。

ファリサイ派は、偽善者らしくそっと目を伏せていた。[27] サドカイ派は、属州長官の気を悪くしないように、あらぬかたを見つめていた。[28] アンティパスは、すでに生きた色さえなかった。

声はますます高く響いた。さらに調子があがり、雷《いかずち》のごとく天を裂き、一帯に轟きわたった。山のこだまがその言葉を繰り返し、声は無数の破片となって、マカエラスの地に降り注いだ。

「塵のなかに横たわり、正体をあらわすがよい、バビロンの娘[29]よ。粉を引くがよい。帯をほどき、靴をぬぎ、裾をたくしあげ、さあ、河を渡るのだ。お前の恥は、世に知れ渡る。歯が砕けるまで、すすり泣くがよい。悪臭芬々《ふんぷん》のその罪を、主がどれほど疎んじておられるか。呪われし女よ。呪われし女よ。お前は、牝犬のように死ぬのだ」

26 前注を参照。
27 律法を重んじるファリサイ派は、福音書において「偽善者」として批判されており、現在では「ファリサイ派」といえば偽善者、独善家という意味もある。
28 サドカイ派はファリサイ派のように反ローマではなく、親ローマである。
29 娼婦の意。『黙示録』十七章に現れる「大淫婦バビロン」より。

揚げ蓋が下ろされ、丸蓋がかぶせられた。マナエイはヨカナーンを絞め殺しかねなかった。

ヘロディアスは姿を消した。ファリサイ派の者たちは憤慨していた。アンティパスは輪の真ん中で、弁解に努めていた。

「たしかに」とファリサイ派のエレアザールが答えた。「兄弟の妻を娶《めと》るべきこともある。だが、ヘロディアスは前夫を亡くしたわけでもなく、子供まで一人いた。忌まわしいのはそれゆえである」

「いや、それは違う」サドカイ派のヨナタスが反論した。「律法はそのような婚姻を戒めてはいるが、絶対に禁じてはいないのだ」

「なんでもかまわん！　いずれにせよ、なぜわしばかりが責められねばならんのだ！」アンティパスは言った。「そうではないか。アブサロムだって、父の后たちと寝たではないか！　ユダは息子の嫁と、ロトは自分の娘たちと寝たではないか！」

そこへ、昼寝を終えたばかりのアウルスが現れた。事態を説明されると、四分封領主の言い分を認めた。そのような愚行には、いちいち目くじらを立てるまでもない。アウルスはからからと笑って、祭司たちの譴責《けんせき》も、ヨカナーンの激昂も一笑に付した。

館への石段を上がりかけていたヘロディアスが、くるりとアウルスの方へ振り返った。

「アウルスさま、笑いごとではございません。あの男は、ローマに税金をおさめるなと、民に命じているのですよ」

「それは本当のことか?」たちまち税務官が応じた。

群衆の大半は、その通りであると答えた。四分封領主も、そうですともと請け合った。

ウィテリウスは、囚《とら》われの男が逃亡するかもしれぬと考え、さらに、アンティパスの言動にも油断のならぬところがあるので、すべての門と、城壁沿いと、中庭に、歩哨を立たせた。

しかるのち、ウィテリウスは自分の居室へと向かった。祭司たちの一団がついていった。

祭司たちは、大祭司職のことには直接に触れぬまま、めいめいが不満を並べ立てた。誰もが自分にまとわりついてくるので、ウィテリウスは全員をさがらせた。

戻ってくる際にサドカイ派のヨナタスは、城壁の矢狭間のくぼみの陰に、何者かと話しこんでいるアンティパスの姿を認めた。髭を長く伸ばし、白服をまとっているところから見ると、エッセネ派の者である。ヨナタスは、先ほどアンティパスを擁護したことを後悔した。

四分封領主は、よく考え直すうちに、胸のつかえがおりたような気がしていた。これでヨカナーンの命運は自分の手を離れ、あとはローマ人が決めるのだ。なんという解放感。ちょうどその時、巡視路の向こうからエッセネ派のファニュエルが歩いてきたのだった。

四分封領主はファニュエルを呼びとめると、ローマ兵たちを指さした。

「ローマ兵には誰もかなわんからな。わしにはもう、ヨカナーンを釈放することはできぬ。だが、それは、わしのせいではないのだ！」

中庭は空っぽだった。奴隷たちは休息していた。空は赤く染まり、地平線を燃え立たせ、どれほど小さくても垂直のものはみな、くっきりとした影となって浮かびあがっていた。アンティパスは死海の向こうの塩田に目をやった。アラブ人たちの天幕はもう見えなかった。おそらく、引き上げていったのであろう。月がのぼっていた。心に深い安堵が広がった。ファニュエルは打ちひしがれ、顎を胸にうずめていた。だが、ついに、言おうと思っていたことを口にした。

自分は今月の初めよりずっと、ペルセウス座が天頂に来る時の夜明け前の空模様を観察してきた。今では、大熊座《アガラ》がほとんど見えず、アルゴルの輝きも弱い。ミラ＝ケティは完全に消えてしまった。ということは、つまり、今夜にも、このマカエラスの要塞で、誰か重要な人間が死ぬという予兆なのだ。

誰か重要な人間？　ウィテリウスの身辺警護は、水ももらさぬものである。ヨカナーンが処刑されることはないだろう。「ということは」と四分封領主は考えた。「このわしではないか！」

ではやはり、アラブ人たちが引き返してくるのだろうか。それとも、パルティア人たちとの関係が属州長官にばれてしまうのだろうか。祭司たちの付き人のなかには、エルサレムの短剣党《シカリ》[30]もまぎれていよう。彼らの服の下には短剣が隠されているのだ。いずれにせよ四分封領主は、ファニュエルの占いの力を疑いはしなかった。

ヘロディアスに打ち明けて、たすけてもらおう、と思った。憎らしい相手ではあったが、勇気づけてもらうことくらいはできるはずだった。それに、かつて自分を搦《から》め

30　ユダヤの愛国主義者の過激な一派。ローマ人やローマ側についたユダヤ人を排斥するために、群衆にまぎれて短剣《シカ》で刺し殺したことからシカリ派と呼ばれる。

とったヘロディアスの魔力の糸は、まだそのすべてが断ち切られたわけではなかった。

ヘロディアスの寝室に入ってゆくと、斑岩《はんがん》の平盤で桂皮《シナモン》が焚かれていた。部屋の中には、おしろいや、香油や、霞のようにふわりとした布や、羽毛のように繊細な刺繍布が散乱していた。

アンティパスは、ファニュエルの予言のことも、ユダヤ人とアラブ人が恐ろしいということも、言いださなかった。言ってみたところで、腰抜け扱いをされるだけのことだろう。話題にしたのは、ローマ人のことだけであった。ウィテリウスは、軍事上の計画について、自分になにひとつ打ち明けてくれなかった。もしや、ウィテリウスは、アグリッパが親しくしていたガイウスの仲間なのではあるまいか。であれば、このわしも追放されるのではないか。いや、首を刎ねられるかもしれない。

ヘロディアスは、相手を見下しながらも甘やかすような調子で、夫を安心させようとした。そして、小さな錠箱から、風変りなメダルを一枚とりだしてみせた。ティベリウス帝の横顔が刻まれている。これさえあれば、ウィテリウスの警士たちもさっと蒼ざめ、告発の声も揉み消せるはずである。

アンティパスはありがたさで一杯になり、一体どうやって手に入れたのかと訊ねた。

「もらったのです」ヘロディアスは答えた。

正面の小さな帳《とばり》から、むきだしの腕が一本、すっと伸びるのが見えた。若々しく、愛らしい、ポリュクレイトス[31]が象牙に彫りぬいたのかと思われるほどの腕だった。腕は、わずかにぎこちなく、だがそれだけいっそう優美に宙を搔いて、壁際の小さな腰掛けに置き忘れたトゥニカを取ろうとしていた。

老いた側女《そばめ》が垂れ幕をかきわけて、そっと渡してやった。

アンティパスは、何かを思いだしかけたような気がしたが、それが何であったかはわからなかった。

「あれは、お前の女奴隷か」

「あなたになんの関係があって?」ヘロディアスは答えた。

31 古代ギリシア彫刻の巨匠。人体の理想的な比率を追求した。

Ⅲ

祝宴の間《ま》は会食客で埋めつくされていた。

広間はローマの公会堂のように三つの廊に区切られていた。中央に延びる身廊と、その両脇に設けられた側廊は、白檀の列柱で隔てられていた。柱頭には、青銅の彫刻が施され、その上には、透かし欄干のついた歩廊が二段にわたってめぐらされていた。そして正面奥には、黄金の透かし細工をあしらった半円の歩廊が張り出していた。その黄金の歩廊の真向かいに、入り口の大アーチが開いていた。

身廊に沿って長々と連ねられた食卓には、彩色陶器の皿や、銅の皿、雪の塊を角切りにしたものや、葡萄の山が並べられていた。その合間に配された枝付き大燭台は、燃える茨《いばら》のように見えた。だが、その赤々とした光は、天井が高いために次第に失われてゆき、小枝越しに見る夜空の星々のように、燦《きら》めく小さな点々となった。大窓からは、家々のテラスでもかがり火が焚かれているのが見えた。今宵の宴は、アンティパスの友人、民、そしてその日馳せ参じたすべての者たちのための祝宴なのだ。

奴隷たちは犬のように俊敏で、フェルトのサンダルを突っかけて、かわるがわるに盆を運んできた。

属州長官《プロコンスル》の食卓は、黄金の歩廊の真下の、シカモア材の演壇に用意されていた。バビロンの絨毯が天幕のように周囲を囲っていた。

正面に一台、左右に一台ずつ、三台の象牙の寝椅子が食卓を囲み、ウィテリウスと、息子のアウルス、アンティパスが寝そべっていた。左手の扉近くが属州長官ウィテリウスで、アウルスが右手、真ん中が四分封領主《テトラルケス》アンティパスだった。

四分封領主は黒い、ずっしりとしたマントをまとっていた。色とりどりの刺繍のために、布地の織り目が見えぬほどだった。頬骨の上には紅をはたき、髭は扇のかたちに整え、コバルトの髪粉をふりかけ、宝石をちりばめた冠をかぶっていた。ウィテリウスは、紫の条飾りを外さず、麻の長衣《トーガ》の上から斜めにかけたままにしていた。アウルスは、銀糸を織り込んだすみれ色の絹のローブ姿で、袖はすでに背中の後ろで結ばせてあった。[32]長い巻き毛の束が幾層にも重なり、女性のような白くて肉付きのよい胸

32　食べ物を取りやすくするため。

の上には、サファイヤの首飾りがきらめいていた。アウルスの傍らでは、微笑をたやすことのない美しい少年が敷物の上であぐらをかいていた。厨房で見かけたその少年を、アウルスは片時もそばから離そうとしなかった。だが、カルデア風の名前は覚えにくいからといって、ただ「アジアの奴」とだけ呼んでいた。時おりアウルスは、三者寝椅子《トリクリニウム》[33]の上でごろりと仰向けになった。すると、その剝き出しの足が、会食者たちを見下ろすことになった。

アウルスの側の席には、アンティパスの祭司たちや士官たち、エルサレムの住人や、ギリシアの町々の要人がいた。ウィテリウスの下方には、副官マルセルスと税務官のグループ、四分封領主の友人、カナ、プトレマイス、イェリコの名士たちがいた。それから、レバノンの山岳民族、ヘロデ大王の代からの老兵――トラキア人が十二人、ガリア人が一人、ゲルマン人が二人――、ガゼルを追う狩人たち、エドムの牧人たち、パルミラの君主に、エジオン・ゲベルの船乗りなどがいた。それぞれの前には、指先をぬぐうための、薄くやわらかな円形パンが置かれていた。幾本もの腕が、ハゲタカの首のように伸び、オリーブやピスタチオやアーモンドをつかんだ。花冠を頭にいただき、皆、朗らかな顔をしていた。

だが、ファリサイ派の者たちは、花冠はローマの淫らな風習であるとして、これをかぶらずにいた。楓子香《ガルバナム》と聖香を身に浴びせかけられた時には、ああ、これは神殿で使われるものなのに、と縮み上がった。

アウルスはその香を腋窩《えきか》にこすりつけた。アンティパスは、そちらでしたらまだ一山でも、三つの柳籠《やなぎかご》におさめて進呈いたしますよと約束した。かつてクレオパトラにパレスティナへの欲を出させることになった、香の中の香である。

少し前から、不意にやってきたティベリア駐留隊の隊長が、尋常ならざる出来事が起こったと報告するために、アンティパスの背後で待ちかまえていた。だが、アンティパスの関心は、属州長官と近くのテーブルで交わされている会話に奪われていた。話題はヨカナーンやその種の者たちのことであった。ギトンのシモン[34]は火で罪を清めたという話だ。それに、イエスとかいう男も……。

33　「トリクリニウム」とは、低いテーブルの三方に三つの寝台（寝椅子のようなもの）を配置した古代ローマの食事空間をさす。また、その際に使われる寝台のうち、各寝台に三人まで寝ることができるものがあり、そのような寝台も「トリクリニウム」と呼ばれる。ここでは後者。

34　サマリアで注目を集めていた魔術師シモン。

「そいつが一番性質《たち》が悪いのだ」とファリサイ派のエレアザールが声をあげた。「破廉恥きわまる手品師ですぞ」

アンティパスの背後で、立ち上がる者があった。身に羽織っている短外衣《クラミュス》の縁取りのように蒼白な顔をして演壇を下りると、ファリサイ派の者たちに詰め寄った。

「嘘だ！　イエスは奇跡を起こせるのだ」

アンティパスは、この目で見てみたいものだと言った。

「その男も連れてくるべきであったな。話を聞かせてもらおう」

そこで隊長は語った。自分はヤコブという名である。病気の娘を師に治してもらえないかと、カファルナウムへ行くと、師はお答えになった。

「家に帰るがよい。娘の病はすでに癒えた」

家に戻ると、戸口で出迎えたのは娘だった。聞けば、床を離れたのは、宮殿の日時計《グノモン》が三時を指している時であったという。それは正確に、自分がイエスに話しかけた時刻であった。

たしかに、とファリサイ派は反論した。まじないや薬草にはそうとう強力なものがありますからな。ここマカエラスでも、時おり、あの不死をもたらすというバアラス草[35]が見つかることがございます。とはいえ、病人に会いもせず、触れもせず治すなんて、土台無理なこと。もっとも、悪魔の力を借りたというのならば別でしょうが。

アンティパスの友人と、ガリラヤの要人たちが頷いてみせた。

「悪魔か。やはりな」

ヤコブは、彼らのテーブルと祭司たちのテーブルの間に立ったまま、誇り高く、穏やかに口をつぐんでいた。

なんとか言ったらどうなのかと、ヤコブは急《せ》きたてられた。「さあ、どうなのだ、イエスとやらの力をどう証《あか》し立てるのだ」

ヤコブは観念すると、低い声で、まるで自分の言葉を怖れてでもいるかのように、ゆっくりと口にした。

「すると、皆さまは、あのかたが救世主《メシア》であるということを、ご存じないのですね」

祭司たちはいっせいに顔を見合わせた。ウィテリウスは、メシアとは何のことかと

35　炎のような色をし、夕方になると発光し、引き抜こうとすれば、その手を避けて身を引くといわれた植物。悪霊を祓い、治癒力を持つとされた（フラウィウス・ヨセフス『ユダヤ戦記』七巻六章三節）。

通訳に説明を求めた。通訳は、一瞬ためらってから答えた。

曰く、ユダヤ人は解放者のことをメシアと呼んでいる。その人物はすべての富の享受と、あらゆる民の支配をもたらすことになっている。なかには、メシアは二人現れるはずと主張する者もいる。ひとり目のメシアは、ゴグとマゴグ、すなわち北の悪魔に打ち負かされるおそれもある。だが、ふたり目のメシアは悪の大王を滅ぼすという。メシアの到来は、幾世紀も前から、ユダヤの民に今か今かと待たれている。

祭司たちはしばし額を寄せて論じあい、ファリサイ派のエレアザールが代表で発言した。

まず、イエスがメシアならば、ダヴィデの息子であるはずで、大工の息子などではありえない。また、メシアならば戒律を厳守するはずなのに、あのナザレの男は、戒律を非難している。そして、もっとも強力な論拠としては、メシアが到来するならば、それに先立ってまずエリヤが現れるはずではないか、と主張した。

「エリヤなら、もう現れているのです」

ヤコブが言いかえした。

「エリヤが！　あのエリヤが！」群衆の反復する声が、広間の向こうまで広がった。

誰もが頭の中で、飛び交うカラスのもとにたたずむ老エリヤの姿を思い、エリヤの祭壇を灯した天の火や、激流に投じられた偶像崇拝の神官たちのことを思い浮かべた。歩廊の上にいた女たちは、サレプタの寡婦のことに思いを馳せた。[36]

ヤコブは、力をふりしぼるようにして、自分はエリヤを知っており、確かにその姿を見ている、民もまたその姿を見ているのだ、と繰り返した。

「して、その名は？」

ヤコブは声を張り上げた。

「ヨカナーン！」

アンティパスは、みぞおちを思い切り殴られた人間のように、激しい衝撃を受けた。サドカイ派の者たちがヤコブに飛びかかった。ファリサイ派のエレアザールはその場

36 預言者エリヤはカラスたちの運ぶパンと肉に養われた。サレプタの地でエリヤに食べ物を与えた貧しい寡婦の家では、粉と油が尽きぬようになり、寡婦の息子はエリヤの祈りによって生き返った。エリヤは、偶像崇拝をおこなっていたバアル信仰の預言者を川に投じて殺し、バアルを信仰していたアハブとイェゼベル（注25）によって迫害された（『列王記』上、十七—二十二章）。

を落ち着かせようと、大げさに静粛を呼びかけた。

静けさがもどってくると、エレアザールは肩衣《パリウム》をまとい、裁判官のように質問を始めた。

「預言者エリヤは死んでいるからして……」

とたんにざわめきが起こり、問いが中断された。エリヤは死んでおらず、ただ姿を消しただけだと信じられていたのである。

エレアザールは群衆に苛立ち、ヤコブへの問いを続けた。

「すると、死んだエリヤが甦ったと言うのだな?」

「いけませんか」ヤコブは答えた。

サドカイ派がいっせいに肩をすくめた。[37] なかでもヨナタスは、小さな目を見開いて、道化のように笑ってみせた。肉体が永遠の生命をもつなど、愚にもつかぬことを。ヨナタスは、属州長官にもわかるように、同時代のラテン語の詩を朗誦《ろうしょう》してみせた。

死してのち　身は伸びず　生き延びるとも見えず[38]

だが、アウルスがトリクリニウムから身を乗り出し、額に汗を浮かべていた。青ざめた顔をして、握りしめたこぶしを胃にあてている。

サドカイ派の者たちは心配ひとかたならずというそぶりを見せ——かいあって、その翌日、大祭司職はファリサイ派からサドカイ派の手へと移された——、アンティパスも絶望ここに極まれりという所作を披露した。ウィテリウスは平然とした顔のままでいたが、内心では気が気でなかった。この息子に万一のことがあれば、自分の運もそこで尽きるのだ。

アウルスは、完全に吐き切る前から、もうまた食べたがっていた。

「大理石の削りくずでも、ナクソス島の片岩でも、海水でも、何でもかまわん、持ってまいれ。それとも一風呂浴びるかな?」

そう言うと、雪の塊を音高くかじった。それからコンマゲネ風テリーヌと紅ツグミのどちらにしようかと逡巡したのち、カボチャの蜂蜜和《あ》えへと挑んでいった。アジア

37　サドカイ派は死者の復活や死後の生を信じない。
38　ルクレティウス『事物の本性について』三章三百二十九節より。

の少年が端《はた》からじっと見ていた。これほどにも大量にものを喰らいつくせる能力というのは、このひとが非凡な人間であり、高貴な種族に属しているということの証しではなかろうか。

牡牛のふぐり料理、大山鼠《やまね》、小夜啼鳥《ナイチンゲール》、葡萄の葉に包まれたひき肉料理が供された。祭司たちは死者の甦りについて、なおも言い争っていた。プラトン学派のフィロンの弟子アンモニウスは、なんと愚かな者たちよ、と断じ、そのことをギリシア人たちに耳打ちした。天からのお告げなど馬鹿にしている者たちであった。マルセルスとヤコブは席を移して話し込んでいた。マルセルスがミトラ教[39]の洗礼を受けた時の至福を語ると、ヤコブは、君もイエスについてゆくべきだと勧めた。椰子酒とタマリスク酒、ツファット産とビブロス産の葡萄酒が、尖底瓶《アンフォラ》から混合甕《クラテル》に、クラテルから盃《さかずき》へ、盃から喉の奥へと流し込まれていった。歓談は興にのり、心の底が打ち明けられた。イアシムは、ユダヤ人であるにもかかわらず、もはや星辰崇拝を隠さなかった。あるアファカの商人がヒエラポリスの神殿の素晴らしさを詳しく描写してみせれば、遊牧民たちは目を丸くして、そこに巡礼するにはどのくらいの費用がかかるものかと尋ねた。自分はあくまでも、故郷《くに》の信仰を守りつづけるのだと主張する者たちもいた。あるゲルマン人は、ほぼ盲目であったが、スカンディナヴィア半島を讃える歌をうたった。かの地では、神々は光につつまれて顕現するという。シケムの町の人々は聖なる白鳩アジマへの崇敬から、雉鳩《きじばと》料理には手をつけようとしなかった。

広間の真ん中で、立ち話を続けている者たちもいた。ひといきれに大燭台の煙が混じり、空気はかすんでいた。ファニュエルが壁伝いにやってきた。また星の動きを観察してきたのである。だが、四分封領主の食卓までは報告に行かなかった。衣服に油の染みをつくることを恐れたからである。エッセネ派の者にとって、それは大いなる穢《けが》れにあたった。

城門を叩く音が響きわたった。

城内にヨカナーンが囚われているという知らせがすでに広まっているのだ。かがり火を手にした男たちが、ぞくぞくと山道を登ってくる。谷間には、黒々とした人の群れがうごめいていた。時おり、叫び声があがる。

「ヨカナーンを！　ヨカナーンを！」

39　古代ローマで興隆した密儀宗教。太陽神ミトラスを信仰する。

「まったく、あの男のせいで、何もかも台なしだ」ヨナタスが言った。

「これ以上つづけられたら、金だって底をついてしまうわ」ファリサイ派もつけ加えた。

　矢継ぎ早に不平の声があがった。

「我々を守ってくれるんじゃないのか！」

「いいかげんにけりをつけたらどうだ！」

「神をかえりみぬ者め！」

「ヘロデ一族のように不信心、とはよく言ったもの！」

「どっちが不信心だ！」アンティパスが言いかえした。

「諸君の崇めるエルサレムの神殿は、我が父、ヘロデ大王が建てたのだぞ」

その言葉を聞くと、ファリサイ派や、追放者の子弟や、反徒マタティアスの信奉者たちは、アンティパスの血族の犯した数々の罪を糾弾した。

　彼らは、先の尖った頭蓋、もじゃもじゃの髭、弱々しくひねこびた手をしていた。あるいはつぶれた顔、ぎょろりと丸い目、ブルドッグを思わせる風貌をしていた。十二人ほどの律法学者と、祭司付きの下男――日ごろから燔祭《はんさい》[40]のおこぼれにありついている輩《やから》――が演壇に押しかけ、ナイフを振りあげてアンティパスを脅した。アンティパスは彼らをなだめようと言い訳を重ねた。サドカイ派も本気でかばってはくれなかった。マナエイの姿が目に入ったが、来なくてよい、と合図を送った。ウィテリウスはといえば、端然としたまま、我関せず、という態度をくずさなかった。

その時、寝椅子に残っていたファリサイ派の者たちも、悪魔にとりつかれたかのように激しく怒り始めた。並んだ皿が次々と割られた。かのマエケナス[41]が好んだという臓物の煮込みが供されたところ、野生のロバは、戒律に背いた忌むべき肉だと言うのである。

アウルスは、ユダヤ人はロバの頭を崇拝しているという風評を持ちだして、彼らをあざ笑った。さらに、豚肉の禁忌についても、痛烈な皮肉を飛ばした。そんなにも豚を嫌うのは、ひょっとして、酒神バッカスがあの太っちょの獣に殺されたからではあるまいかな。なにしろ、そなたたち、酒には目がないと聞いておるぞ。イスラエルの

40　祭壇で生贄《いけにえ》の動物を焼き、神に捧げる古代ユダヤ教のもっとも重要な儀式。
41　初代ローマ皇帝アウグストゥスの側近。芸術愛好と食通で知られ、芸術の庇護者「メセナ」の語源となった。

神殿には黄金の葡萄の樹まで見つかったという話じゃないか。[42]

祭司たちには、アウルスの言ったことがわからなかった。ガリラヤ生まれのピネウスは通訳することを拒んだ。拒まれたアウルスはかっと逆上した。いつのまにか、あのアジアの少年も怖れをなして退散しており、なおのことむしゃくしゃした。出された食事までが癇《かん》にさわり始めた。どれもこれもありふれた料理ばかり。もっと意表をつくような趣向を凝らしたものはないのか。だが、たっぷりと脂ののったシリアの牝羊の尻尾《しっぽ》が運ばれてくると、たちまち怒りがおさまった。

ウィテリウスの目には、ユダヤ人はおぞましい性質の者たちであると映った。彼らが崇めているのは、モレク神であるのかもしれなかった。モレク神の祭壇ならば、道中、いくつも目にした。ウィテリウスは、モレク神の生贄には、幼児が差し出されるという話を思いだした。得体の知れない方法で丸々と肥らせた幼児が生贄にされるとか。[43]ラテン人である彼の心に嫌悪感が込みあげた。なんという不寛容。なんという偶像破壊への熱狂。なんという愚昧ゆえの頑迷固陋《ころう》。もう引き上げる頃合いである。だが、アウルスが承知しなかった。

アウルスは、ローブを腰まではだけて、山と積まれた食べ物の向こう側に寝そべっていた。満腹のあまり、もう食べられもしないのに、頑として食卓を離れたがらなかった。

民衆の興奮は高まっていた。ローマからの独立の計画が陶然と語られていた。イスラエルの栄光を思いだせ。これまで、どんな征服者も、天罰を受けてきたではないか。アンティゴノスも、クラッススも、ウァルスもそうだった！

「愚か者どもめ」と属州長官は言った。シリア語はわかるのである。ときどき通訳をさせているのは、答える前に時間をかせぐためだった。

アンティパスは、大急ぎで皇帝のメダルを取りだした。そして属州長官の顔色をうかがいながら、震える手で肖像の面が見えるように差し出した。

その時だった。黄金の歩廊の二枚扉が開け放たれた。大蠟燭の光に照らされ、奴隷たちとアネモネの花綵《はなづな》に囲まれて、ヘロディアスが登場した。額にのせたアッシリアの尖り帽は紐で顎にかけられ、豊かな巻き毛が、袖に沿って切れ込みのある緋色の

42　イスラエル神殿の入り口を飾っていたという黄金製の巨大な葡萄の樹を暗示した皮肉。
43　モレク神は古代中東で崇拝されていた神で、実際に幼児の供犠がおこなわれていたが、ユダヤ人にとっても忌むべき異教の神である。

外衣《ペプロス》の上に広がっている。扉には、アトレウスの墳墓[44]に見られるような、二頭の怪物の石浮彫が施されており、その姿は、獅子たちを左右に従えたキュベレ女神[45]さながらだった。ヘロディアスは、アンティパスの頭上の欄干から、盃《パテラ》を手にして、大きく声を張った。

「皇帝に長き命を！」

ウィテリウス、アンティパス、祭司たちが、その祝福を唱和した。

だが、広間の奥から、驚きと讃嘆のどよめきが沸き起こった。ひとりの若い娘が広間に入ってきたのである。

青みがかったヴェールが頭と胸を覆っていたが、そのヴェール越しにも、両の眼を縁取る弓なりのラインや、玉髄《ぎょくずい》のような乳白色の耳、透き通るような肌の清らかさを見てとることができた。玉虫色に輝く絹のストールが肩からまわされ、金銀細工の帯で腰にとめられている。黒い肌袴にはマンドラゴラの花模様が散らされ、物憂げに歩くその一足ごとに、ハチドリの羽毛で覆われた小さな沓《くつ》が音を立てた。

演壇にあがると、娘はヴェールをとった。それは、ヘロディアスであった。かつての、若かりし日のヘロディアスであった。やがて、舞いが始まった。

笛の音とクロタル[46]に合わせ、前に後ろにと拍を踏む。つかまりはせぬ誰かを追って、腕は柔らかに弧を描《えが》く。蝶よりもなお軽やかに、見たさにはやるプシュケーにも似て、あくがれさまよう魂のごとく、その影を追い、どこまでも追う。今にも宙に舞い上がり、飛び去ってしまうかに見えた。[47]

沈鬱なジングラ笛の音がクロタルの拍に代わった。希望ののちの消沈の時である。物腰のひとつひとつがこぼれるため息となり、全身これ悩ましさといった風情で、神

44　ミケーネ遺跡にある墳墓。ミケーネ遺跡の「獅子の門」には、二頭の獅子が向き合った浮彫のモチーフが残されている。

45　アジア起源の大地母神。二頭の獅子がひく戦車に乗る。息子であり情人であるアティスを自己去勢に導いた。

46　カスタネットと同じ原理をもつ鉄製の打楽器。

47　この一節には、ローマの作家アプレイウスが『黄金のろば』で語る「愛《クピドー》と心《プシュケー》の物語」が反映している。プシュケーは愛神クピドーに愛され、その妻となった娘。夜ごとに訪れる夫の貌を見てはならぬという禁をやぶり、ある晩、神の姿を見てしまう。傷ついた愛神は飛び去り、プシュケー（魂）はクピドー（愛）を捜す彷徨の旅に出る。プシュケーはギリシア語で「魂」を意味し、しばしば「魂」の寓意である「蝶」と共に、あるいは蝶の羽をつけた姿で表象される。

を思って泣いているのか、神の御手にいだかれて息も絶えんとしているのか、わからないほどである。瞼は半ば閉じ、腰をくねらせ、波打たせるように腹をゆすり、両の乳房をふるわせる。顔はじっと動かぬまま、足先はなおも拍を踏む。

ウィテリウスは、パントマイム師のムネステルを思いだしていた。アウルスは、またもや吐いていた。アンティパスはといえば、夢の中にいるかのような忘我の境で、もはやヘロディアスのことは考えていなかった。サドカイ派の者たちのそばにその姿を見たようにも思ったが、幻は遠ざかった。

それは、幻ではなかった。ヘロディアスは、マカエラスから遥か遠いかの地で、我が娘、このサロメを、しかるべく仕込んでおいたのだった。アンティパスはこの娘に夢中になることだろう。その考えは的中した。もはや、間違いない。

それから、思いを遂げんとする愛の狂乱の場が始まった。インドの巫女のように、大瀑布のほとりに住むヌビアの女のように、酒神《バッカス》に仕えるリディアの巫女のように、舞いは続けられた。嵐になぶられる一輪の花もかくやと思うほど、前に後ろに、右に左に、その身はしなり、のけぞった。耳にきらめく石は跳ね、背中の絹は五色に光る。腕から、足から、衣装から、目には映らぬ火花があふれ、男たちを燃えあがらせる。

竪琴が一鳴りすると、満場に歓声が沸き起こった。娘は膝を伸ばしたまま、両足を開き、顎が床に触れそうなほど、深々と身をかがめた。節制を旨とする遊牧民も、放蕩に慣れたローマ兵も、吝嗇《りんしょく》な税務官も、論争で気を荒立てていた祭司たちも、皆が鼻孔をふくらませ、あの娘をわがものにできればと胸を高鳴らせた。

それから娘はアンティパスのテーブルのまわりを、魔女たちの使うロンボス[48]のように、妖《あや》しく、狂おしく回り始めた。アンティパスは、官能にあえぐ声で、途切れがちに娘を呼んだ。「こちらへ参れ、こちらへ」。娘は旋回をやめなかった。ツィンバロン[49]の音が割れんばかりに響き渡り、群衆がわめきたてた。だがアンティパスは、それを凌ぐほどの大声で呼んだ。「こちらへ参れ、参るのだ！　そなたには、カファルナウムの地を取らせよう。ティベリアの平野でも、要塞でも、願いとあれば、王国の半分なりと与えよう」

娘は逆立ちになり、踵《かかと》を宙に躍らせると、巨大なスカラベのように、演壇を渡って

48　古代呪術の道具で、糸の先に結んでひゅんひゅんと回し、目で追わせることによって、見るものを催眠にかけた。
49　古代のタンバリン。

いった。そしてぴたり、と止まった。

うなじから背骨にかけての線が直角をなしていた。脚をつつむ色あざやかな袴は、肩の上に虹のように落ちかかり、その下に浮かぶ顔は、床から一キュビトほどの高さにあった。唇には紅が差され、眉はくっきりと黒く、目はほとんど恐怖すら感じさせた。額にきらめく汗の雫は、大理石に結ばれた露のようであった。

娘は口をきかなかった。ふたりは見つめ合った。

歩廊で指を鳴らす音がした。娘は上へとあがってゆき、再び広間に姿を現した。そして、わずかに舌足らずな発音で、子供のようにあどけなく、こう口にしたのだった。

「では、ここへ持ってきてくださいな。お皿にのせて、首を……」

一瞬その名が出てこなかったが、やがてにっこりとして言った。

「ヨカナーンの首を」

アンティパスは愕然として、その場にくずおれた。

自分で口にしたことである以上、もうどうにもできなかった。群衆は待っていた。だが、先ほど言いわたされたあの不吉な予言は、他の誰かが死んでしまえば、それで実現されたことになり、自分は死なずにすむのではないか？　ヨカナーンが預言者エリヤならば、みずから死を免れようものだし、ヨカナーンがエリヤでないのなら、殺したところで大したことではない。

そばに控えていたマナエイが、主人の意図を察した。マナエイが出てゆきかけると、ウィテリウスが呼びもどし、牢の歩哨に伝えるべき合言葉を耳打ちした。

安堵が行きわたった。これで、あともう一分もすれば、すべてにかたがつくのだ。ところが、マナエイは、なにを手間取っているのか、いっこうに戻ってこない。戻ってきた時には、すっかり狼狽していた。

この四十年というもの、マナエイは処刑人の務めを果たしてきたのだった。アリストブロスを浴死させ、アレクサンドロスをくびり殺し、マタティアスを火あぶりにしたのは、自分である。ゾシムの首、パプスの首、ジョゼフの首、アンティパトロスの首を、この手で斬り落としてきた。だが、その自分が、どうしてもヨカナーンを殺せない。歯の根があわず、全身の震えが止まらなかった。

サマリア人が崇拝する大天使を、牢の前で見たのだという。全身が無数の目で覆われ、炎のような赤い刃《やいば》のある巨大な剣を振りあげていた。一緒にいたこのふたりの兵士に聞いてくれれば、本当のことだとわかるだろう。

兵士たちは、何も見なかったと言った。なにやら血相をかえて襲いかかってきたユダヤの隊長ならいたが、その男ももうあの世に送った。

ヘロディアスが怒りを爆発させた。聞くに堪えない罵倒の卑語が奔流のように口をつき、歩廊の格子に当たり散らして手の爪が割れた。扉に彫られた二頭の獅子までがその肩に食らいつき、共に咆哮するかとも見えた。

アンティパスはヘロディアスに倣った。祭司たち、兵士たち、ファリサイ派の者たちはマナエイに不首尾のつぐないをさせよと叫び、残りの者たちは、お楽しみがおあずけになったので、不平の声をあげていた。

マナエイは、顔を覆って、再び出ていった。

会食者たちには、先ほどよりもさらに長い時間がかかっているように感じられた。もう待つことに飽きていた。

と、突然、廊下に響く高い足音が近づいてきた。耐え難いほどの気まずさが広がった。

首が入ってきた。

マナエイの腕先には、髪をわしづかみにされた首が下がっていた。マナエイは喝采を浴び、誇らしげな顔を見せていた。

マナエイは首を皿にのせると、サロメへと捧げた。

サロメは、軽く身をひるがえすと、黄金の歩廊へと上がっていった。数分ののち、首を持って現れたのは、老いた側女《そばめ》であった。今朝がた四分封領主が民家の屋上で見かけ、先ほどまたヘロディアスの寝室で見かけた、あの老女であった。

アンティパスは首を見まいとして、後ずさりをした。ウィテリウスはただ冷淡な一瞥を投げた。

マナエイは、演壇から下りると、ローマ軍の隊長やこちら側にいる会食者たちへと、順に見せてまわった。

首は、じろじろと眺めまわされた。

刑具の鋭利な刃が、振りおろされた際にわずかに横滑りしたものか、顎先がわずかに切り取られていた。末期の痙攣のために、口角が引きつっていた。髭にしたたる血しぶきは、すでに凝固しつつあった。閉じた瞼は、貝のように蒼白だった。周囲に立ち並ぶ大燭台の光を受けていた。

祭司たちのテーブルの番になると、ファリサイ派の祭司が、仔細らしく首の上下を返した。マナエイは、それをまたまっすぐに置きなおすと、アウルスの顔の正面に置いた。アウルスは目を覚ました。うっすらとあいた睫毛《まつげ》の奥のどんよりとした瞳と、同じくうっすらとあいた睫毛の奥の死んだ瞳が、何ごとかを語り合っているかのようだった。

次にマナエイは、アンティパスに首を見せた。涙が四分封領主の頬をつたった。灯火が消され、会食者たちが引き上げていった。広間に残ったのは、アンティパスただひとりだった。こめかみを両手でおさえ、斬られた首を見ている。

ファニュエルは、身廊の真ん中に腕を広げて立ち、声低く祈りの言葉をつぶやいていた。

地平線から朝日がのぼった時、ヨカナーンから使いに出されていたあのふたりの男が、長らく待たれていた返事をたずさえて戻ってきた。

その返事はそっとファニュエルに告げられた。ファニュエルの顔が悦びに輝いた。

それからファニュエルは、皿の上で宴の残飯に囲まれている、酸鼻きわまりないものを示した。

男のひとりが言った。

「お気を落とされますな。ヨカナーンは、死者たちの国へと、キリストの到来を告げに行ったのですから」

その時、ファニュエルには、ふいにあの言葉の意味がわかった。

「あのかたが栄えるために、この身は衰えねばならぬ」

三人はヨカナーンの首を手にすると、ガリラヤの地をさして歩いていった。

首はとても重かったので、三人はかわるがわるにそれを運んでいった。

解説

谷口亜沙子

本書は、一八七七年四月にシャルパンティエ書店より刊行されたギュスターヴ・フローベールの短編集『三つの物語』の翻訳である。翻訳にあたっては、主に以下の版を用いたが、あえて底本を定めず、これまでに刊行されたさまざまな版を可能な限り参照し、本文の異同や、互いに矛盾する注釈を検討しながら作業を進めた。

Œuvres, tome II, texte établi et annoté par Albert Thibaudet et René Dumesnil, Gallimard, coll. «Bibliothèque de la Pléiade», 1936.

Trois Contes, préface de Michel Tournier, édition établie et annotée par Samuel S. de Sacy, Gallimard, coll. «Folio», 1973.

Trois Contes, présentation par Pierre-Marc de Biasi, GF Flammarion, 2009.

Trois Contes, notes et dossier par Jean-Claude Jorgensen, Hatier, 2012.

以下の「解説」では、物語の核心や結末に触れている部分があるため、『三つの物語』を初めて読むかたや、物語のサスペンスをじかに楽しみたい場合には、ぜひ作品のほうを先に読んでいただきたい。また、その際に、もしも「読みにくさ」や「とっつきにくさ」を感じたならば、まず「聖ジュリアン伝」から入り、そののちに「素朴なひと」へと進み、それから「ヘロディアス」を読むのがよいかもしれない。とりわけ「ヘロディアス」については、いったいなんの話だろう？　ということが頻繁に起こるかもしれないが、これは（我々が言語や文化を異にする読み手であるという以上に、より本質的に）作品自体の「仕掛け」の一部であるので、なんだかよくわからなくても、とりあえず先を続けてゆくと、やがて一拍遅れで（ときには数拍遅れで）だんだんと霧が晴れてくるように、物語の全体が浮かび上がってくるはずである。

1　作品の背景

ギュスターヴ・フローベール（一八二一―一八八〇）は、一八二一年にノルマンディー地方の首府ルーアンに生まれた。父はルーアン市立病院の外科部長で、生家は市立病院内にある官舎であった。ノルマンディー地方は、その後も生涯にわたって、フローベールにとって重要な土地でありつづけ、近代小説の金字塔ともされる代表作『ボヴァリー夫人』のほか、本作『三つの物語』におさめられた「素朴なひと」や、未完に終わった長編作『ブヴァールとペキュシェ』の舞台ともなっている。生家から数分のところにあるルーアンの大聖堂は、『ボヴァリー夫人』のエンマと恋人レオンの逢引きの場所として知られ、その周歩廊に輝くステンドグラスは「素朴なひと」や「聖ジュリアン伝」の着想源ともなり、またその北門の破風《タンパン》を飾る「洗礼者ヨハネの斬首」の浮彫彫刻は、「ヘロディアス」におけるサロメの舞踏のシーンのモデルとなった。

『三つの物語』が書き始められた一八七五年は、フローベールの生涯における「暗黒の年」といわれるほど、フローベールの身辺につらいことの重なった年であった。自身の体調がすぐれず、ひどい気鬱に悩まされ、三年前から取り組んでいた『ブヴァールとペキュシェ』の執筆も滞っていた。そこに、最愛の姪の夫が破産するという事件が起こった。この姪というのは、フローベールの妹が産褥熱で急逝して以来、親代わりとなって慈しんできた姪であり、彼女の不幸を見ることは、フローベールにとって身を切るようにつらかった。フローベールはこの姪夫婦を救うために、自身の不動産を手放し、それまでのような経済的・物質的な安定を失った。「この歳になって人生をやり直すとか、習慣を変えるとかいうのは、できることではありません」（一八七五年十月三日付、エドマ・ロジェ・デ・ジュネット宛、ジョルジュ・サンド宛）と女友達への書簡で嘆いたフローベールは、その時、五十四歳になろうとしていた。すでに文学への信も失った、気分が内向して怠けものになったたし、自分はもう空っぽだ、『ブヴァールとペキュシェ』も中断する、もはや自分など乳の出ない雌牛も同然である等々、当時の書簡からは、フローベールの落ち込みの深さがうかがわれる。

だが、療養先の土地コンカルノーで「とにかく何かしているために」「文《フレーズ》をつくるということが自分にまだできるのかどうかを知るために」「聖ジュリアン伝」が書きはじめられた。スランプから抜け出すための「気晴らし」という面もありながら、膨大な資料にあたって裏付けを取り、伝説となるほど推敲を重ねる、という仕事のスタイルは変わらなかった。そして、遅筆なフローベールにしてはめずらしく、「聖ジュリアン伝」は五か月後に仕上げられた。ついで、同時代のフランスの田舎の物語「素朴なひと」に取り掛かり、同じく五か月をかけて完成した。続けて「ヘロディアス」に着手した時、これらの三つの物語を一冊にまとめたら面白い本になるだろうという見通しがかたまった。「ヘロディアス」もやはり五か月たらずで脱稿した。まず、各作品が日刊紙に掲載され、それを経て一八七七年四月、『三つの物語』として刊行された。その後、フローベールは、中断していた『ブヴァールとペキュシェ』の執筆へと戻っていったが、作品が完成せぬまま三年後に急逝し、『三つの物語』はフローベールによる唯一の短編集であると共に、生前の最後の作品となった。

フローベールはその文名を『ボヴァリー夫人』や『感情教育』のような長編作に負っている。だが、その一方で、この『三つの物語』こそが、フローベール芸術の粋を集めた傑作である、と考える研究者や愛読者も少なくない。それは、各作品の完成度の高さもさることながら、そこにフローベールの長編作の小型版ともいえるエッセンスが凝縮されているからである。なるほど、十九世紀の田舎風俗を描いた「素朴なひと」は『ボヴァリー夫人』に重なるところがあり、中世の聖人伝説を下敷きにした幻想的な「聖ジュリアン伝」は、三十年をかけて完成された夢幻劇『聖アントワーヌの誘惑』につながり、古代ユダヤ史をテーマとした「ヘロディアス」の豪華絢爛な色彩は、古代カルタゴを舞台とした長編小説『サランボー』を思わせる。

さらに『三つの物語』は、フランス文学随一の文体家として知られるフローベールの特徴が、ある極端なかたちで表れた作品だともいえるだろう。すなわち、「短編」というジャンルの制約ゆえに、もともと言葉を削ぎ落とすタイプの作家であったフローベールが、さらに言葉を削り、研ぎ澄ませ、どの一文をとってみても（どの文と文のつながりをとってみても）、まさに一字一句をゆるがせにできない、稠密《ちゅうみつ》な作品世界が完成したのである。そして、それと同じことが、小説（物語）としての構成の巧みさ、語りや展開のリズムについてもあてはまる。つまり、短編においては、今この段階で何を語り、何を語らないかという、情報開示の駆け引きが、長編にもまして決定的になってくるため、長編にあっては、ときに長さのなかに埋没することもある語りのダイナミズムが、よりくっきりとしたかたちで読者に感知されるのである。おそらく、そうしたことも相俟って、『三つの物語』は、文学的な完成度を犠牲にしないまま、一定の「読みやすさ」を獲得する作品となった。実際、生前には、世間からの無理解や不評をもって迎えられることの多かったフローベールにとって、『三つの物語』は、批評家と読者の双方から賞賛を浴びた、ほとんど唯一の作品となったのである。

2 それぞれの作品について

「素朴なひと」

フローベールが文学史の教科書などで解説される場合、しばしば掲載される二枚の図版がある。一枚は、あまり機嫌のよくないセント・バーナード犬のような油彩の肖像画（ウジェーヌ・ジロー画、一八五六年頃）であり、もう一枚は、まだなまあたたかいボヴァリー夫人の心臓をメスで突き刺して高々とかかげる「解剖医」としてのフローベールの戯画（アシル・ルモ画、一八六九年）である。

一般に広まっているフローベールのイメージは、『ボヴァリー夫人』にもとづくものが多く、たしかにその冷徹な観察眼、その「えもいわれぬ意地の悪さ」（とでも呼ぶべきもの）を味読することこそが、フローベールを読む際の醍醐味のひとつだろう。ただ、それは、必ずしも、このカリカチュアが示すような「人体解剖」に似たものではない。つまりそれは、登場人物の心に内側から分け入って、詳細に分析や解説を重

ねるという型のものではなく、むしろ、その人物がなにを感じているのかを（なにを感じているに違いないのかを）読者があやまたず察することができるような状況なり展開なりを入念に準備しておき、そのうえで、彼らの行動や発言（つまりは外側に現れたもの）を提示するという、むしろ、どこまでも読者による心理の読み取りをうながす型のものである。

つまり、フローベールの皮肉や「人の悪さ」は、物語の展開や状況設定にこそ仕込まれているのだが、その際に感動的なのは、フローベールは同時に、ふつうでないくらい情の深いところがあったからこそそれができたのだということが、同時に感じられる点である。とりわけ、オーバン家の召使いフェリシテの生涯を描いた「素朴なひと」は、フローベールの情の深さが、きわめてストレートに出た作品だといえるかもしれない。ブルジョワジーたちの「愚かさ」を繊細に暴き立てることを得意としたフローベールは、「素朴なひと」によって、むしろ、愚かでまっすぐなことが、愚かでまっすぐなまま、尊さになる物語を書いた。

もともと、「素朴なひと」の執筆は、次はもっと「憐れみ」の情が滲《にじ》み出るような作品を書いてみてはどうかという、フローベールの友人で女性作家のジョルジュ・サンドの勧めから生まれたものであった。そのサンドが死去したとき、フローベールはサンドの息子モーリスに宛てて次のような言葉を残している。「「素朴なひと」は、あのひとに読んでもらうためだけに書き始めた作品でした。ただあのひとに気に入ってもらうためだけに。けれども、作品の完成を待たずに、彼女は死んでしまいました」（一八七七年八月二十九日付の書簡）。実際、「素朴なひと」は、辛辣で酷薄なリアリズムの作家というフローベールの評判を払拭する作品となった。「今度ばかりは、私が血も涙もない人間だなどと言われずにすむことでしょう。それどころか、私もまた、情にあつい人間であり、それほど性格が悪いわけではないのだと思ってもらえることでしょう」（一八七六年七月末、エドマ・ロジェ・デ・ジュネット宛書簡）。

この作品のフランス語の題は Un cœur simple というもので、これまで「純な心」「まごころ」などの邦題でも知られてきた。Un は冠詞、simple は「シンプルな、単純な、素朴な、飾らない」といった意味であり、cœur は英語でいう「ハート」、つまり「心」のことも、「心臓」のことも指す語である。ただ、フランス語ではこの「心」という語が形容詞を伴った場合「（そのような心をもつ）ひと」の意味で使われることもあるため、今回の翻訳では「素朴なひと」という題にしてみた。

フローベールが描いた「焼きたてのパンのように心のやわらかな」（一八七六年六月十九日付、エドマ・ロジェ・デ・ジュネット宛書簡）無学な召使いのフェリシテは、そのささやかな人生のなかで、愛するものをこれでもかというほどに、次々と失うことになる。「彼女は次々と、一人の男を愛し、女主人の子供たちを愛し、甥を愛し、世話をしてやった老人を愛し、一羽の鸚鵡を愛します。鸚鵡が死ぬと、剝製にしてやりますが、自分自身が死ぬ段になったとき、その鸚鵡を聖霊と取り違えてしまいます。いいえ、あなたがご想像するように、これは皮肉などではまったくありません。そうではなく、たいへんにまじめな、たいへんに悲しい物語なのです」（同書簡）。

「聖ジュリアン伝」が「動」の印象を与えるのに対し、「素朴なひと」には「静」の印象がある。だが、フェリシテは、むしろ身が軽く、とりわけ戸外ではよく動く。フェリシテのどこまでもまっすぐな愛のかたちは、しばしば「走る」ことによって示されているほどだ。テオドールとの密会の場所に走るフェリシテ。甥ヴィクトールの船出を一目見ようと全力で走るフェリシテ。危篤状態のヴィルジニーに会いに行くフェリシテ。だが、戸締りを忘れたことに気がつき、馬車から飛び降りるフェリシテ。いなくなった鸚鵡を探して町中をかけまわり、屋根の上まで調べるフェリシテ。私たちは、フェリシテのたてる古い木靴の音と、苦しそうにあがってしまった呼吸の音を幾度も耳にする。

むろん「素朴なひと」の中にも、フローベール一流の皮肉はそこここに感じられる。フェリシテに追っ払われるグルマンヴィル侯爵、鸚鵡から隠れようとするブーレ氏、抜け目のない小作人リエバール夫婦。そしてその皮肉な視線は、ときにフェリシテにも向けられている。アメリカに渡った甥のヴィクトールを心配して見当違いの想像をひろげるところや、死ぬまぎわの告解で肉屋の青年に謝罪をはじめるシーンなど、それはフェリシテの一途さや単純さに向けられたものだが、そこには、冷徹というよりは、どこか微笑ましいようなあたたかさがある。

フェリシテが愛するものたちに向けるその愛が尊いのは、それが無条件で、どこまでも無償のものであるからだ。フェリシテの初恋の相手テオドールはフェリシテを手ひどく裏切り、主人のオーバン夫人は「感じのよいひと」ではない。オーバン家の娘ヴィルジニーが特別な少女ではないように、ルルもまた特別な鸚鵡ではない。誰を愛するのか、何を愛するのか、ということではなく、そこにはただ、どう愛するのかということだけが描かれている。とりわけ胸をうつのは、フェリシテが最後に愛したものが、他ならぬ「鸚鵡」であることだ。フェリシテと鸚鵡のルルの「会話」のシーンは、「素朴なひと」のなかでも、とりわけ美しい一節だろう。鸚鵡のルルはフェリシテの指をつたい、唇を軽くかみ、肩掛けに爪をからめる。そして「ルルが、お得意の三つのフレーズをうんざりするほど繰り返すと、フェリシテが言葉を返した。意味もつながりも何もない言葉だったが、その数語のなかに、ありったけの気持ちが込められていた」。鸚鵡が繰り返す空疎な決まり文句、それは、通常ならば、フローベールが何よりも忌み嫌い、己の文業のすべてを懸けて抗ったもの、つまりは「紋切型」に限りなく近いものだ。だが、フェリシテ以外の人間にとっては、ただうるさいだけである鸚鵡のルルの言葉は、この物語のなかでは、愛そのものの象徴となっている。しかもルルは、フェリシテに愛しぬかれることによって「聖霊」と混同される。「聖霊」とは「神の御言葉」を伝えるものであり、したがって、ルルの言葉は「言葉のなかの言葉」にすら転化されているのだ。そしてそこには、おそらく、フローベール芸術の真髄と同じ構造を認めることができる。すなわち、意味もなく、輝きもなく、愚かしいばかりとも見える平凡な生活や、虚しく反復的なばかりの人々の言動を、「書く」という行為を通じて愛しぬいたことにより、フローベールはついにそれらを尊いものへと転化したのだ。

「素朴なひと」の最終章の冒頭、牧場の草いきれがフェリシテの屋根裏部屋に、夏の匂いを運んでくるというシーンがある。死の訪れを待つフェリシテの呼吸は苦しい。全身が震え、口の端には泡があふれる。だが、階下の聖体行列のにぎやかな音が、フェリシテを幸福で包みこむ。室内で進行しつつある個人のドラマと、その窓の下で執り行われる共同体の催し。この対比の構造は『ボヴァリー夫人』の有名な一節の反復である。主人公のエンマが色男ロドルフに口説かれつつある部屋のすぐ下で、田舎における一大イベントである農業共進会が粛々と進められている。歯の浮くようなロドルフの口説き文句とかけあうようにして、およそロマンティックなものとは程遠い、馬や豚や農作物をめぐる大げさな式辞がさしはさまれる。その場面に、フローベールの「ひとの悪さ」が爽快なまでに炸裂しているとすると、「素朴なひと」におけるフェリシテの死のシーンは、フローベールの「ひとの良さ」があますところなく露呈した場面だ。フローベールは、フェリシテが死につつあるその年の聖体顕示台をオーバン家の中庭に置いてやることにした。そして、その祭壇にルルの剝製を飾ってやった。他のシナリオもいくらでも可能であったのに。目も見えなくなり、耳も遠くなり、体も動かず、知覚できる世界が限りなく狭まってしまったフェリシテの鼻孔に、それでもフローベールは、聖体行列の香炉から立ちのぼる青い煙の香りを届けた。

「聖ジュリアン伝」

第二作「聖ジュリアン伝」では、一転して、舞台が中世に移る。この物語は、なんといっても、空気が澄みきっている。人間離れした「狩り」の腕前をもつジュリアンは、血を求めてやまぬ残酷さを持つ少年として登場するが、その残酷さまでもが清々しい。それほど、この物語は硬質で明快な空気に浸されている。

スローテンポな「素朴なひと」に比べると、移動撮影を見ているかのようなスピーディーさがあり、全体のトーンはお伽噺や寓話に近い。主人公は、予言された運命に抗いきれず、悲劇へと突き進む。善悪、明暗、美醜などがきわめてはっきりしていて、中間がない。人物造型は単純化され、外見などについての描写は少なく、心の動きや喜怒哀楽も明快である。主人公が、ふつうの人間の能力を超える力を与えられていたり、動物が呪いを放ったり、逆に動物たちに嘲弄されるなど、非現実的・超自然的なことはたびたび起こるが、世界そのものは安定しており、エピソードひとつひとつの焦点がはっきりとしている。

その一方で、「聖ジュリアン伝」は、一般的な「聖人伝」とは異なっている。ふつうの「聖人伝」は、聖者となった人物の人間ばなれした美徳や善行をたたえる。だが「聖ジュリアン伝」は、ジュリアンが救われ、聖人となるまでの「前史」の部分に焦点があてられ、彼がいかに悩み、恐れ、怒りをおぼえ、罪をおかし、苦悩し、苛立ち、寂しさに涙する人間であったかという「弱さ」の部分を多く語る。

「中世の伝説」をもとにした「聖人」の物語であるという部分では、「聖ジュリアン伝」は『聖アントワーヌの誘惑』と重なるが、一作品のおもむきは異なっている。

『聖アントワーヌの誘惑』では、ありとあらゆる誘惑が、古今東西の神々、伝説の怪物、奇怪な魔物や古代人の姿を借りて、百鬼夜行さながらに聖アントワーヌに襲いかかる。そのため、多くの版が、固有名詞の一覧を付している。聖アントワーヌと彼らのやり取りの中には、哲学的、形而上学的な問いや葛藤が織り込まれているためだ。とはいえ、全体としては「一夜」のあいだに、隠者であるアントワーヌが見た錯乱的な幻覚という設定であるため、最も表層的なレベルにおいては、場所の移動がなく、アクションも少ない。対して「聖ジュリアン伝」は、一作全体がアクションの連続といっていいほどダイナミックな展開に支えられ、幻想的ではあっても、混沌としたところはどこにもない。また、注釈や用語一覧がなくても、一気に読みとおすことができる作品である。

物語の最後、ジュリアンの昇天ののち、一行あけて、唐突に語り手の「私」が登場する。「以上が、ほぼ、私の故郷の教会のステンドグラスに伝えられている、歓待の聖者ジュリアンの物語である」。といっても、本文の「語り手」は透明な見えない存在に徹しているため、そこまでの「語り」が「私」によってなされていたのかどうかはわからない。いずれにしても、この一文によって、夢幻的な中世の世界から、一気に「今」の現実へと引き戻され、中世と現在がつながりあう。この最後の言葉にあるとおり、フローベールの生地ルーアン大聖堂の北側の周歩廊には、今も十三世紀に制作された「聖ジュリアン」のステンドグラスが輝いている。その三十四枚のパネルを下から上へ、左から右へと追っていくと、聖ジュリアンの一生を読みとることができる。そのちょうど中心にあるパネルには、ジュリアンによる父母殺害のシーンが表され、頂点のパネルには、左手に宝珠を掲げた栄光のキリスト像が見える。制作者は、十三世紀のジェノヴァの大司教ヤコブス・デ・ウォラギネによる聖者伝『黄金伝説』にまとめられた「聖ジュリアン」の伝説を参照したことが推察されている。

フローベールは、ごく幼い頃から、このステンドグラスを目にしていた。だが、それはきらきらと輝く美しい色面としてであって、そこに順を追った「物語」が語られていることを真の意味で知ったのは、一八三五年、十四歳の頃に、コレージュのデッサン教師ユスターシュ＝イアサント・ラングロワの手引きによってであると推測されている。自身が版画家でもあったラングロワ先生は、『ステンドグラス美術に関する歴史的考察および図像解説』（一八三二年）の著者であり、その書には「聖ジュリアン」のステンドグラスの詳細な描写と解説が見られる。時が流れて、一八四六年にフローベールは「聖ジュリアン」の物語を自分で書くことを思いつき、一八五六年には、中世の生活に関する資料も蒐集するが、さらに二十年近く、資料やメモは引き出しの奥にしまわれたままとなっていた。そして、一八七五年の苦しいスランプの時期に、とうとう「聖ジュリアン伝」が執筆されたのである。

ヤコブス・デ・ウォラギネによる『黄金伝説』やルーアン大聖堂のステンドグラスが伝える物語と、フローベールによる「聖ジュリアン伝」との大きな違いは、それらの物語では、ジュリアンが最後まで妻と別れることなく、夫婦そろって救済がなされるのに対して、フローベールのヴァージョンでは、ジュリアンが妻と別れ、その「孤独」が描かれている点である。だが、それらの「伝説」とフローベールの「小説」のもっとも根源的な違いは、言うまでもなく、躍動感とリアリティの違いである。「聖ジュリアン伝」の刊行時、フローベールはルーアンのステンドグラスの複製画を豪華版に掲載することを希望していた。それは、なるほど、このステンドグラスからこの話が生まれたのだな、と読者に納得してもらうためではなく、「さっぱりわからない。一体どのようにして、このようなものからこのような物語が？」と読者が驚嘆することと間違いなしと自負していたからであった。

たったこれだけの素材から、どのようにして、これほどまでに生き生きとした、奔流のような物語が生み出されえたのだろうか。ただ言葉によって、フローベールの文の持つ力によって、というのがひとつの答えではありうるだろう。だが、もうひとつ、フローベールの資料調査の徹底ぶりと、その創作のあいだの独特の関係ということも重要な要素である。フローベールは、作品を書く際には、膨大な資料を渉猟《しょうりょう》し、しばしば現地調査等をおこなったうえで執筆を進める作家だった。綿密な下調べにもとづいていてこそ、リアルで濃密な世界が構築できるものと確信していた。そのため「聖ジュリアン伝」には中世の日常生活をいろどる特殊な語彙《ごい》が頻出する。同じく「ヘロディアス」でも、古代の信仰、風習、地形、建築、食事、服装、髪型、装飾品、日用品などの細部をめぐる記述がなされる。だが、フローベールは必ずしもそれらの知識や情報に忠実であったわけではなく、あえて時代錯誤をおかすことや、語の喚起力や雰囲気のほうを優先することを辞さなかった。資料や文献などの一定の裏付けに支えられながらも、フローベールはそれらをスプリングボードとして、想像力が飛翔し、作品世界の要請にしたがって言葉が結晶してゆくことのほうを優先させていた。

それゆえ、そうした典拠や詳細を知ること（あるいはすでに知っていること）は読者には要請されていないのだといえる。下地となる知識をたくわえることは、フローベール自身における、なかば生理的とでもいうべき要請だったのであり、書くことを進めるためには、自分の外部に「よってたつもの」がどうしても必要だった。そこから最終的には離脱（飛翔）するためであっても、それは必要だったのである。したがって、ある一行がどの典拠から生まれ、ある一節がどの文献を参照したものであるのかということを読者の側が「知る」ことは――仮に「ヘロディアス」の全行をそのすべての典拠に「もどし」てみたとしても――、必ずしも作品の本質に近づくことにはならない。作品の面白さは、そうした典拠への参照を経たうえで、最終的に滲み出てくるリアリティにこそあるからである。暗示やほのめかしの典拠を調べることは、研究としては意義深く、また（たとえば翻訳をおこなううえでも）不可欠な作業であり、それはそれとして徹底して追究されるべきである。だがそれは、いわば根が吸い上げた栄養分について知ることであり、花そのものは、ただそこに、解説も注釈もなしに、そこにあって風にゆれている。時には、フローベールがあえて暗示するにとどめたその花を「理解」することができないこともある。だが、まずはその花そのものがもつ神秘、色彩、その花弁がどのようにゆれ、周りの花々とどのような関係にあるのかに目を凝らすことにしてみたい。

「ヘロディアス」

　第三作「ヘロディアス」を読もうとして、誰もがすぐに感じることは、これは一体なんの話なのであろうか、というものであろう。首をかしげたくなるような箇所が次々と出てくる。だが、先述したように、それは、我々が二十一世紀の日本語話者であるためではない。「ヘロディアス」の「わからなさ」は、刊行当時のフランスの読者であれ、現代のフランスの読者であれ、ある程度までは同じことを感じるはずの、作品の特質そのものに由来する「わからなさ」（そしてそれゆえの種明かしと推測の面白さ）なのである。

「ヘロディアス」は、ユダヤ古代史、聖書、ローマ史に取材して書かれており、注釈を付そうと思えば、ほとんど各行に注釈を付すことができる作品である（現に数百個の注がついている版もめずらしくない）。史実にもとづく部分と史実にもとづきながらも史実を裏切っている部分が混在しており、典拠もひとつではなく複数であるため、厳密な注釈を付す場合には、本文よりも確実に長い注釈が必要になってしまう。

だが、この「なんの話なのだろう?」という、ほとんどシステマティックなまでの「ヘロディアス」における不透明さは、注釈によって晴らされるものだとはどうしても思われない。外国文学や古典を読む時の「わかりにくさ」には、いくつかの種類があるが(たとえば「素朴なひと」の「わかりにくさ」は、十九世紀の人々にとって当然であったことが現代の読者にとってはそうではなくなったことから来ている単純な、意図せざる「わかりにくさ」なので、注釈で補っても作者を裏切らない)、「ヘロディアス」に関しては、フローベールは、一切の注釈がなくとも、物語のすじだけはどうにか追えるように、ぎりぎりまで工夫を重ねながら筆をすすめたことがうかがわれる。つまり、短編というコンパクトな形式のなかで、「わけのわからなさ」をあえて最大限に強調しながら、「それでもぼんやりとはわかる」「いちばん大事なことだけはどうにかわかる」というラインをどこまで目指すことができるか、それがフローベールの「ヘロディアス」における賭けであり、そうした書き方自体が、この時代の「遠さ」と「近さ」の等価物になっているのだ。

キリスト教が誕生した紀元一世紀に、ローマの属州となっていたユダヤの土地。これだけでも、現代の我々にとっては、はるかに遠い時代、はてしなく異なる世界であり、「わけのわからない」ことは満載である。だが、そこに生きる人間たちは、それほど変化してはいない。人間たちのずるさ、欲深さ、弱さ、気高さ、敬虔さ、一途さ、清らかさ、そうしたものが「ヘロディアス」では、複数の異民族、異文化、異言語のせめぎ合う、ローマ支配下のパレスティナを舞台として、生々しく立ち上がってくる。

この物語を理解するために、もしもひとつだけ知っておいたほうがいいことがあるとすれば、それは、「ヨカナーン」と呼ばれている「聖ヨハネ（洗礼者ヨハネ）」が誰か、ということに尽きるだろう。これについては、ユダヤ・キリスト教圏の読者であれば（とくに十九世紀のブルジョワジーの読者であれば）、ほぼ誰もが了解している事象だからである。「ヨカナーン」こと「洗礼者ヨハネ」とは（聖書に出てくる他の「聖ヨハネ」と区別するために「洗礼者ヨハネ」と呼ばれる）、イエスよりも数年先に生まれ、イエスに洗礼をほどこした預言者である。蓬髪で、獣の皮をまとい、荒野で生活をし、「神の国」が近づいた（救い主があらわれた）と言って、洗礼を受けて悔い改めるようにと人々に説いた人物である。

新約聖書の伝えるところでは、ヨカナーンは、当時のユダヤの領主ヘロデ・アンティパス（以下、単にアンティパスとも表記）が、兄弟の妻ヘロディアスと結婚したことを律法に反するとして非難した。そのために、ヘロディアスは、ヨカナーンを恨み、殺したく思っていたが、夫のアンティパスは踏み切ることができないまま、ヨカナーンを幽閉していた。ある晩、アンティパスの誕生日の祝宴が催され、高官や将校や有力者が招かれた際、ヘロディアスの連れ子（「サロメ」だが、聖書では名前は出てこない）が見事な踊りを見せ、客をよろこばせた。領主は娘に、望むがままの褒美をつかわそう、と客人たちの前で誓う。娘は、母であるヘロディアスに何を願うべきか訊ねたのち、皿に載せたヨカナーンの首が欲しいと領主に告げる。誓いを立ててしまっていた領主は、やむなくヨカナーンの首を刎ねさせた。

この物語は、その官能性と残虐性により、古来、人々の想像力を掻き立ててきた。とりわけ十九世紀後半には、帝国主義の始まりによるオリエントへの幻想の高まりと「宿命の女（ファム・ファタル）」のテーマの流行も相俟って、小説、戯曲、詩、絵画、オペラなど、広範な分野で人気を博した。そうしたなかで、フローベールの「ヘロディアス」が際立っているのは、サロメがヘロディアスに何を願うべきかを訊ね、ヘロディアスがサロメにそれを吹き込むという、「ヨカナーンの斬首」における最も決定的なシーンが、目には見えない、隠れた場所で起こっている点だろう。サロメはただ、歩廊の上で鳴らされたヘロディアスの「指の音」に従って、いったん姿を消し、再びもどってくるだけだ。だが、だからこそ、我々は「ヨカナーンの首を」とサロメが口にした瞬間に、歩廊の中にいるヘロディアスがほくそ笑むのを目にし、その高笑いを耳にするような思いにとらわれて慄然とするのだ。ヘロディアスとは、究極的には、ただ指のひと鳴りである。そのまがまがしさ。

この物語の原典であるということで、『マタイによる福音書』十四章一―十二節および『マルコによる福音書』六章十四―二十九節を全文引用することも考えたが、「ヘロディアス」で理解が難しいのは、サロメが登場してからの部分ではなく、むしろそこに至るまでの「旧約聖書」の部分（すなわちキリスト教以前の部分）であるので、ここではその点について、ごく簡単な補足をしておきたい。

まず、この物語の中心人物である四分封領主《テトラルケス》ヘロデ・アンティパスは、同名の「ヘロデ王」の名で知られるユダヤの統治者の息子である。同名のほうの「ヘロデ王」は、紀元前三七年から紀元前四年までローマの承認をうけてユダヤの地を統治し、「ユダヤ人の王」と呼ばれた人物だが、自身はユダヤ人ではなく、ユダヤ人によってユダヤ教に改宗させられたエドム人である。そのため「ヘロデ王」は、百年以上にわたってユダヤの独立を守ってきたハスモン朝の娘（マリアムネ一世）と婚姻関係を結ぶことで、自らの正統性を主張し、ローマの後ろ盾を得て、権力を獲得した。「ヘロデ王」には、ハスモン朝のマリアムネ一世のほかにも多くの妻がおり、フローベールが主人公としたヘロデ・アンティパスは、「ヘロデ王」とサマリア人の妻とのあいだの息子である。したがって、彼にはユダヤ系のハスモン家の血が流れていない。一方、ヘロデ・アンティパスの二人目の妻となったヘロディアスは、ヘロデ王の孫であると同時に、ハスモン朝のマリアムネ一世を祖母に持つ血筋であるため、ハスモン家の血を受け継いでいる（ここまで、一度読んだだけでは、頭に入らないほうがふつうだと思うが、それでかまわないので、以下を続けてほしい）。

「ヘロデ王」はヘロデ朝を成立させてからも、前政権であるハスモン家の血を引くものを恐れ、暗殺を繰り返していた。その中には、自身の妻マリアムネ一世もいれば、マリアムネ一世とのあいだに生まれた二人の王子アリストブロスとアレクサンドロスもいた。ハスモン家の血を引くヘロディアスからしてみると、夫アンティパスは、ヘロデ王の死後、三人の兄弟とヘロデ王の領土を分割して統治している男であるとはいえ、もともとは自分の祖先であるハスモン朝に征服され、ユダヤ教化されたエドム人の子孫にすぎない。「わたくしの先祖はことごとく、あなたの先祖を打ち負かしたのです。あなたがたをヘブロンから追い出したのは初代マカバイ！　あなたがたに割礼を受けさせたのは、ヒルカノス王ですからね！」というアンティパスへの激しい蔑みは、そのような背景から生まれている（ハスモン家は、その初代の名前をとって、別名マカバイ家ともいう。「割礼を受けさせた」とは、すなわち、ユダヤ教化したということ）。

　では、ヘロディアスは、ユダヤの血やユダヤ民族を誇りに思っているのかというとそうではなく、あくまでも大祭司と王を輩出した「ハスモン家」の生まれであることのみを誇りとしており、一般的なユダヤ人の庶民のことは見下している。また、ユダヤ教に対する敬虔な信仰心もない。そのヘロディアスの夢は、ユダヤの地をみずから統《す》べることである。そして、そのための足がかりとなると見込んだヘロデ・アンティパスが、実際には民衆に対して押さえがきかず、まるで頼りにならないことに憤っているのだ。

　ユダヤの民が領主アンティパスを嫌うのは、支配者であるローマの委任統治者であるためだが、とりわけ、ユダヤ教では禁忌とみなされる「偶像崇拝」が反感を買っている。偶像崇拝とは、唯一の神ではなく、神の「似姿」を信仰することや、神とは別のものを神であるかのごとく崇めることであり、ローマ皇帝やその肖像を神格化して崇めることも偶像崇拝にあたる。さらに、ユダヤ以外の民もヘロデ・アンティパスの支配をこころよく思ってはいない。

さて、フローベールの「ヘロディアス」は、このヘロデ・アンティパスがヘロディアスをめとるためにアラブ王の娘を離縁したため、アラブ王の軍勢が今しもマカエラスの要塞へと攻めてこようとしている「ある朝」から始まっている。つまり、アンティパスは、民衆の抵抗の高まりという内政の危機のみならず、外敵からも脅かされた状態におかれていることになる。また、その要塞には、異母兄の妻ヘロディアスを妻としたことがユダヤ教の律法に反するとして、この結婚を非難している預言者ヨカナーンが秘密裡に幽閉されている。ヨカナーンを毛嫌いしているヘロディアスは、ヨカナーンを殺すべきだとアンティパスを責め立てるが、アンティパスはその決心がつかない。そして、その日の「昼」、待ちかねていたローマからの援軍がやってくる。ローマ人のシリア総督ウィテリウスの軍である。アンティパスは、直属の上官にあたるウィテリウスに頭があがらず、追従を並べ立てる。だが、アンティパスは、一方で密かにローマに反旗をひるがえすための軍備を整えつつあり、それをウィテリウスに悟られはしまいかと恐れてもいる。また、ウィテリウスの到着から利益を引き出そうとしているものは、アンティパスだけではない。ユダヤ教のさまざまな宗派の祭司たちもまた、ウィテリウスの寵を得て、自らの権力を保持・拡張しようとしている。それぞれの思惑が交錯するなか、アンティパスが催した「夜」の祝宴の際、預言者ヨカナーンの首が斬って落とされる。

「ヘロディアス」は、それらすべての出来事が「朝」「昼」「晩」にかけて、たった「一日」のうちに生起する物語として構成されている。史実の上では、アラブ王の軍勢がアンティパスの軍を攻め落とすのは、紀元三六年、すなわちヨカナーンの斬首（諸説あるが、二八〜三〇年頃とされる）の後であり、ヘロディアスの弟であるアグリッパがローマ皇帝ティベリウスによって投獄される事件が起こったのも、やはり後の三七年である。そもそも、ウィテリウスがシリア総督となるのは三五年なので、ヨカナーンの斬首の際に、ウィテリウスやその息子アウルスが立ち会っていたということは歴史的にはありえない。

ではなぜ、フラウィウス・ヨセフス『ユダヤ古代誌』、ルナン『イエス伝』を始めとする厖大な資料を読み込んでいたフローベールが、あえて、ばらばらな時期の出来事をたった「一日」のうちに凝縮したのかといえば、それは、それによって、大きくふたつのことが成し遂げられたからだろう。まず、優柔不断なアンティパスを、次元の異なるさまざまな悩み——夫婦の問題、内政問題、外交問題、ヨカナーンの処遇の問題——のまっただなかにおくことで、その心の弱さや優柔不断さをいっそうあざやかに描きだすことができる。またそれは、アンティパスとは対照的に、権力欲に駆り立てられた妻ヘロディアスの惨忍さ、不遜さ、狡猾さを浮かび上がらせるためにも有効であった。もうひとつは、それこそが「ヘロディアス」でフローベールが最も腐心したことと思われるが、それによって、この時代のパレスティナの空気そのもの、すなわち、ローマ帝国の支配による第一次グローバリゼーションのために、利害の対立するさまざまな民族、宗派、言語、文化、風習等がかつてないほどまでに接近し、交錯し、混沌となった状態を、その混乱と熱気のままに、読者に感じ取らせることができたのである。

読者は、したがって、その混乱の背景になるものや、聞きなれない固有名詞や数々の地名の正体がわからないとしても、それほど心配することはない。たった一行で語られている過去に起こったらしい事件や、ユダヤ教の各宗派の詳細のことを知らないことは単に当然のことであり、それは当時のフランスの読者にとってもそうであったはずだ。だが、その時に「これは誰か」「これは何か」と問うのではなく、「誰々は誰々にとってどのような人物であるか」「誰々と誰々との関係はどうなっているか」というように、彼らの関係性（敵対・同調・追従・揶揄・軽蔑・畏怖など）に注目して本文を追ってゆきさえすれば、十分に物語を楽しむことができる。

たとえば、ヘロディアスの第一声は「皇帝はわたくしたちの味方です。アグリッパが牢に入れられました」であるが、そんなことを唐突に言われても、アグリッパが誰なのか、なぜヘロディアスがそんなにも歓喜に満ちているのか、ふつうの読者には判然としない。だが、それでかまわない。アグリッパ？（どこかで聞いたことのあるような響きだけれど）という程度の理解で、その疑問を持ち続けたまま先を進んでゆけば、それがヘロディアスの「弟」であることや、ヘロディアスやアンティパスと同様に「王」の称号を欲している人物であることはやがて明かされる。逆に「アグリッパ」がヘロデ大王の孫であるとか、紀元四一年にはついに「王」の地位をローマ皇帝から認められ、四四年に死去するといった（注を付すならば必ず付されるような）情報を、フローベールは注意深くカットしているのだ。なぜなら、フローベールがこの物語で焦点を当てたいのは、ヘロディアスとアグリッパが姉弟の関係でありながら権力を狙うライバル同士であり、そのためには身内同士の殺し合いやだまし討ちも日常茶飯事であったという空気そのものにあるからである。

情報の開示と非開示、それこそが「ヘロディアス」を書くうえで、フローベールがもっとも心を砕いたものであり、たとえば三回にわたってアンティパスに姿を見せる「サロメ」の名が、ぎりぎりまで出てこないことなどもそのひとつである。また、たとえば「ヘロディアスはアンティパスの姪にあたる」という、ほとんどの注が補足してしまう情報をフローベールは意図的に出していない。それは、この物語の焦点になるのは、厳密にヨカナーンが攻撃している点のみ、すなわち「自分の兄弟の妻であった女をめとること」であって、「姪とおじの婚姻」という、（後代の読者から見ると）それもまた「近親相姦」として問題になりそうな部分ではないからだ。なぜなら、そのことを明かしてしまうと、ヘロディアス自身も「ヘロデ大王」の血を引く「ヘロデ家」の人間であるという情報が読者に伝わってしまい、ヘロディアスが自分の母方の「血筋」を誇って、アンティパスを馬鹿にするというシーンの強さが半減してしまうからだ。

「この物語で難しいことは、どうしても必要な説明すら抜きにして語るところです」とモーパッサン宛の書簡（一八六七年十月二十五日）でフローベールは打ち明けている。そう、「ヘロディアス」には「どうしても必要な説明」が欠けているのだ。だが、同時にそれは、それですらわかるような工夫が無数になされているということでもある。たとえば、ユダヤ教の三大宗派の特徴について、フローベールは、それぞれの「ステレオタイプ」にあたる、きわめて特徴のはっきりした登場人物を造型し、「必要な説明」の肩代わりをさせている。保守的で律法を重んじ、のちにイエスにその形式主義を非難された「ファリサイ派」の代表には、もったいぶった長老のエレアザールを配する（「鉤鼻《かぎばな》で、長い髭を生やしたエレアザールという男」）。そのファリサイ派と対立し、ローマとも（したがってアンティパスとも）うまくやってゆこうとしている進歩的な「サドカイ派」には、ラテン語の詩を暗唱してみせたりもするヨナタス（「開放的な雰囲気で、ギリシア語を話す、ヨナタスという小柄な男」）を配する。そして、俗世間から離れて清貧のうちに生きる集団をつくっていた「エッセネ派」については、「艱難《かんなん》にあっても節をまげず、麻布をまとい、星辰《せいしん》に未来を読む者として世の尊敬を集めていた」という記述のほか、「白い長衣に素足で、いかにも禁欲的に見える」ファニュエルを登場させる。このファニュエルは、自身の身の危険も顧みずにアンティパスのもとに馳せ参じ、ヨカナーンの救済を求め、最後にヨカナーンの謎いた言葉「あのかたが栄えるために、この身は衰えねばならぬ」の意味を理解する唯一の人物でもある。その他、ユダヤ人と宗教的に対立していた「サマリア人」として、首斬り人のマナエイが登場し（「すべてのサマリア人がそうであるように、ユダヤ人を毛嫌いしていた」）、そのマナエイが、ユダヤ人の聖地である「エルサレムの神殿にしのびこみ、死者の骸骨で祭壇を穢《けが》したことがあった」という一行がはさまれたりする（この冒瀆事件が実際にあったことはフラウィウス・ヨセフスの『ユダヤ古代誌』が伝えている）。

このような「解説」をしてしまうと、ますます「ヘロディアス」は一定の宗教的知識なくしては理解できない話だと思われるかもしれないが、実際にはその逆である。「この物語に関しては、教訓めいたものにならないようにするつもりです。というのも、私の理解したところでは、ヘロディアスをめぐるあの一連の物語は、宗教とはなんの関係もないからです」とフローベールは女友達への書簡で語っている。「あの話において私を惹きつけるのは、ヘロデの官僚じみた顔つき(彼は知事そのものです)や、クレオパトラとマントノン夫人[ルイ十四世の愛妾で、王妃の死後ひそかに結婚し、宮廷に多くの影響を及ぼした]を合わせたような、ヘロディアスの猛々しい風貌です。民族の問題がすべてを支配していたのです」(エドマ・ロジェ・デ・ジュネット宛)。宗教と民族が分離不可能であった時代に、わざわざこれは「宗教」ではなく「民族」の問題なのだ、というフローベールの真意は、ヨカナーンの斬首をめぐる一連の物語は、信仰心や宗教的信条(心の問題)を背景にしたものではなく、民族の対立や混乱という「政治の問題」(権力の問題)にあったということにある。だからこそ「クレオパトラ」や「マントノン夫人」などの権力欲のシンボルのような女性の名があげられ、強大なローマの顔色をびくびくとうかがいながらも、自らの地位保全に余念のない「知事」然としたヘロデ・アンティパスの顔つきが想起されているのだ。

実際、宴会の論争に見られるように、霊魂の復活を信じるファリサイ派と、信じないサドカイ派、というような神学的な対立も問題とはなっているが、より現実的には、大祭司のポストをどちらが得るか、という政治的な争点こそが両者の対立を深めている。現状では保守的なファリサイ派がその職についているが、それを決定するのはローマであり、大祭司職の象徴である「聖衣」の管理権もローマに握られている。フローベールの真骨頂は、両派にとってきわめて重大なこの「大祭司の職権」が、宴会中のアウルスの「嘔吐」という卑賤きわまる出来事をきっかけとして、サドカイ派へと移されたことを、まるで付けたしのようにさらりと書いてみせる諧謔のうちにある。

このほかにも、信仰心や宗教（あるいはその偽物）が卑俗なものによってぶちこわしにされる、あるいは凌駕されるという構造は、「ヘロディアス」のリズムともいうべきものを作り出しており、聖なる香をふりかけられてファリサイ派がおののいてみせれば、その直後にアウルス（この場における事実上の最高権力者）がそれを腋の下にこすりつけるという展開が用意されていたり、ヨカナーンの命運に無関心だったローマ人たちが、ヨカナーンがローマに税金を納めるなと言ったらしいと聞くと一転してこの男に興味を示したりする。宴会に集まった出自も宗派もばらばらで、対立していたはずの男たちが、そろいもそろってサロメの踊りに幻惑されてしまう場面は、そのような流れの頂点に位置している。また、異なる信仰や文化がせめぎあうなかで、さまざまな誤解や偏見が広まっていたことが、互いの言葉の「通じなさ」によって繰り返し強調される。とりわけ笑いを誘うのは、ヨカナーンがアンティパスとヘロディアスに浴びせる罵詈雑言が、いちいちウィテリウスのためにラテン語に翻訳されるために、どちらの言葉も理解できるふたりは、二度にわたって侮辱を耐えねばならなかったという場面だろう。通訳が罵倒語を淡々と訳しているというのもおかしい。

キリスト教という宗教は、まさにこうした民族的・政治的な混沌と混淆のなかから生まれてきたわけだが、「ヘロディアス」でもうひとつ面白いのは、イエス・キリストという押しも押されもせぬ超重要人物が、いかにもどうでもよさそうに、「それに、イエスとかいう男も……」という言葉とともに、単なる宴席のうわさ話のなかで登場してくるところである。当時は「自称預言者」がたくさんおり、イエスも当初は「その種の者たち」のひとりにすぎないと思われていた。つまり、アンティパスを含む多くの人々は、イエスという人物の重要性をまったくわかっていなかった。そう、「ヘロディアス」は、キリスト教の誕生という（歴史的には大いなる）瞬間へと向かう物語でありながら、その特徴はむしろ、それがキリスト教的な視点から書かれていないところにあるのだ。「ヘロデ大王」といえば、ふつうキリスト教以後の世界では「嬰児虐殺」を命じた人物、すなわちイエス誕生の際に「新しい王が生まれた」と恐れをなし、ベツレヘムの村の二歳以下の男児をすべて殺させた王として知られる。だが、

「ヘロディアス」では、そのことへの暗示や言及がいっさいない。それは、「嬰児虐殺」というエピソードの重要性自体が、イエス・キリストの重要性を介して初めて生まれてくるものだからだ。そうした情報を訳注で入れ込むかどうかについては、最後までとても迷った。それがキリスト教圏の読者にはある程度まで知られていることである以上、注を入れてもかまわないわけだが、それよりも本当に重要なのは、フローベールがあえてそのことに触れなかったということだからだ。結局、とおりいっぺんの注をつけたところで、フローベールが限定に限定をかさね、ようやく開示することを選んだえり抜きの情報から、読者の注意をそらせるだけになるような気がして、つけなかった。「ヘロデ大王」がアンティパスの父であり、ローマからの覚えがめでたく、ユダヤ人たちの聖所であるエルサレムの神殿を建てた人物であること、そうしたことは本文に書きこまれており、物語のダイナミズムにおいては、まずそうしたことが重要なのだ。同じことは「総督ピラト」についてもいえるだろう。「イエスを無罪だと考えながらも、イエスを十字架にかけることをゆるしたローマの総督」として知られるのが、「キリスト教的な」了解事項としての「総督ピラト」だが、その直前の時代を舞台とした「ヘロディアス」の段階では、ピラトをイエスとの関わりにおいて知るものは誰ひとりいない。フローベールは、一貫して、キリスト教成立以前の「当時のリアリティ」の側についているのだ。

ここで、ひとつの翻訳事情を明かしておくならば、まさにそのためにこそ、本翻訳では、アンティパスがファニュエルからヨカナーンの釈放を頼まれてためらうシーンでの「未知のもの l'inconnu がおそろしかった」(からだ)という一文をめぐる、多くの邦訳の解釈を踏襲しなかった。これを「あの未知の者」(男性の人物を指す名詞)と解釈し、そこに「イエス・キリストのこと」という注釈を付した邦訳が数多く見られるが、この時点でアンティパスがイエスの存在を予感していたということは本文中からは読み取れない。また、仮にこれがイエスのことを指すのだとすると、「ヘロディアス」は、そんなにも重要な情報が「訳注」で明かされないかぎり見えてこない、それほどにも根本的にわけのわからない作品だということになってしまう。だが「ヘロディアス」は、実際には、「注がなければわからない」という思い込みさえなければ、非常にわくわくと読める物語なのだ。フランス語版、英訳版では、この箇所は多くが注なしであり、「未知の者」(ファニュエルやヨカナーンと解釈することは不可能ではない）とも、「未知の物事」（抽象名詞）ともとれる状態にあるが、「イエス」を指すとする版は確認できなかった。また、草稿を見ると、フローベールはこの箇所でさんざん迷ったのち、最終稿の直前まで「ヨカナーンを釈放すれば、後で後悔するのではないかと心配だった」という「未知の物事」を恐れる意味の別の一文を保持しているため、本稿では「未知なるものはなんであれ」と訳した。

3 『三つの物語』全体の構造

では、ひとつの作品として『三つの物語』を見渡した時、どのようなことに気がつくだろうか。まず言えることは、トーンや手触りが、作品ごとにかなり異なっているということだろう。「素朴なひと」がくすんだ、あたたかなトーンだとすると、「聖ジュリアン伝」は透明で純度が高く、「ヘロディアス」は色彩あざやかでありながらにごりと不透明さに満ちている。そして、この三つの物語は「宗教」という糸でつながっている。

無学なフェリシテがひたむきな信仰心によって、聖霊＝鸚鵡と共に昇天する「素朴なひと」。狩人から川の渡し守に転身をとげ、キリストに抱かれながら天へと召されてゆく「聖ジュリアン伝」。そして、フェリシテとジュリアンが信仰したキリスト教が誕生した瞬間に物語が終わる「ヘロディアス」。年代記をさかのぼるようにして、近くから遠くへと、三つの物語は遠近法のように並べられている。最終話「ヘロディアス」の最終行は、ちょうどその消失点にあたり、そこにガリラヤへと運ばれてゆく「ヨカナーンの首」が位置している。「あのかたが栄えるために、この身は衰えねばならぬ」というヨカナーンの言葉を文字通りにとるならば、ヨカナーンの死と引き換えに「人間イエス」が「救世主キリスト」へと転じたのであり、そこにキリスト教が誕生したわけである。そのいわば聖性の極点を象徴するものが、「首はとても重かったので、三人はかわるがわるにそれを運んでいった」と、徹底して即物的にえがかれているところに、この一行の忘れがたいインパクトがある。聖なるものと俗なるものが分離しがたいまでに混じり合っていること、それは、『三つの物語』の三作どれもに共通する点でもある。

だが、宗教というテーマの他に、この短編集を貫き流れているものは、なんといっても、それを語る言葉のたたずまいであるだろうか。「私が美しいと感じるもの、私が作り上げたいと思っているのは、なにについて書かれたわけでもない本、外部との繋がりを持たず、地球がなににも支えられずに宙に浮いているように、内部にみなぎる文体のちからのみによって支えられているような本です」（一八五二年一月十六日ルイーズ・コレ宛）という有名な言葉によって知られているように、フローベールは何よりもまず「文」の彫琢《ちょうたく》に心を砕いた作家であった。物語の内容や、すじや、主義主張ではなく、言葉そのものの力、ただそれだけによって、文学作品が文学作品となりうるということ、すなわち「文学」や「作品」の自律性という概念にいち早く触れた作家として、フローベールは、しばしば「現代文学の先駆者」と呼ばれている。

　だが一方、そのような理念にもとづいて書かれたにしても、フローベールの物語は同時に、やはり何かに「ついて」も書かれている。エンマ・ボヴァリーは「無」ではないし、フェリシテもまた「無」ではない。フローベールは、たしかにひたすらに「美」を目指して文章を精錬し、伝説ができるほど執拗に推敲を重ね、できあがった文章が声にきちんとのるものかどうかを試すために、幾度も声を出して読み上げ、金細工をつくりあげるようにして文体を磨いた。したがって、もちろん、フローベールの文章をフローベールの文章以外ではありえないものとしているのは、その語彙の厳密さであり、響きであり、呼吸である。だが、そうであっても、そのフローベールの「文体のちから」を根底から支え、それを本当に血がかよったものにしているのは、同時に、もっと徹底して素朴なものでもあるのではないか。そして、そのことが図らずもうかがえるのが、この「素朴なひと」という作品であり、とりわけヴィルジニーの聖体拝領のシーンではないだろうか。そこには、次のような一節がある。

ヴィルジニーの番が来たとき、フェリシテは、よく見ようとして、身をのりだした。そして、まことのいとおしみだけが授ける想像力によって、自分自身がヴィルジニーになっているかのように感じていた。ヴィルジニーの顔が自分の顔になり、ヴィルジニーの衣装が自分の体を包み、ヴィルジニーの高鳴る心臓が自分の胸のうちで鼓動していた。瞼《まぶた》が閉じられ、ついに口が開かれようとしたその瞬間、フェリシテは気を失いかけた。

フローベールの作品に書きつけられたすべての言葉は、まさに、フェリシテがヴィルジニーに対して持ちえたような「まことのいとおしみだけが授ける想像力」によって支えられていたのではないか。そしてフローベールの「いとおしみ」――その「想像力」――は、フェリシテやジュリアンに向けられるだけではなく、一種の倒錯のようなものとして、たとえばブーレ氏のような「俗物」にも向けられたし、抜け目のない小作人のリエバール夫婦にも向けられた。フローベールは、演じている役どころが憑依するタイプのプロの俳優のように、好ましい登場人物であれ、好ましくない登場人物であれ、自己を押しつけることも、自己に引きつけることもなく、むしろ自己を放棄することによって、彼らに同化してしまうことができた。フローベールが何にもまして嫌悪し、どこまでも手加減なく辛辣にえぐりだした「ブルジョワ」たちの愚かさ、虚栄心、自惚れには、むろんそれらの悪徳自体がそもそも自らに無縁ではなかったという面もあるだろうが、いずれにしても、それらを書きつける瞬間には、フローベールはそれらを生き直したし、そうすることを辞さなかった。

また、その想像力の強さ、その同化欲求の激しさは、人間のみにとどまらず、動物や非生物にすら向かった。「小石や動物や絵画をあまりじっと見つめていると、そのなかに入り込むような感覚におそわれることがあります。人間同士の交流はこんなに濃密なものではありません」（ルイーズ・コレ宛、一八五三年五月二十六日）。それは、原子や分子のレベルにすら向かった。『聖アントワーヌの誘惑』のラストシーンにおいて、狂喜する聖アントワーヌは叫んでいる。「俺はあらゆる形象のなかに潜み、原子のひとつひとつのなかに浸透し、物質の奥の奥にまでくだりたい。――物質になりたいのだ！」

フローベールにとって、「書く」ということは、ペン先から生みだされる無数の他者、のみならず無数の生物、非生物、原子、粒子、色素、光線、震え、物音となって飛散することに他ならなかった。ペンを取るフローベールは、はがれかけてかすかに震えるジェフォスの農場の壁紙や、フェリシテの鸚鵡の剝製からこぼれ落ちるおがくずや、癩の男の体から流れる膿や、ヨカナーンの髭をぬらす血の滴になっているのだ。本人のものであるかどうかの確証がないまま、それでもきわめて有名になった「ボヴァリー夫人は私だ」という言葉もまた、そのような意味で理解することができる。

書くというのはなんとも甘美なことですね。自分が自分自身ではなくなり、話題になっている創造物の中を次から次へと循環してゆくことなのですから。たとえば今日など私は、愛人たちの、男の方にもなり、同時に女の方にもなって、馬にまたがって森を散歩したのです。秋の午後、黄色くなりはじめた木々の下で、私は馬でもあり、葉でもあり、風でもありました。ふたりが交し合う言葉でもありました。さらには、愛に陶然となったふたりの瞼を半ば閉じさせる赤い太陽でもあったのです」(『ボヴァリー夫人』執筆中の一八五三年十二月二十三日付書簡、ルイーズ・コレ宛)

フローベールといえば、「自由間接話法」という話法を洗練させた作家としても知られているが、なぜ他の作家ではなく、他ならぬフローベールこそがこの手法の大成者となりえたのかということの鍵もまた、おそらくは、ここに見出せるだろう。「自由間接話法」とは、ごくざっくりと説明するならば、登場人物の言ったことや考えたことが、鉤括弧や、「……と彼は考えた」などの記述をともなわずに、地の文に溶け込むようにして表現される手法である。たとえば「確かに髭であった。今度こそ、男である」という「聖ジュリアン伝」の一文は、叙述文のなかに置かれながら、自分の妻の傍らに男が寝ていることを悟ったジュリアンの内心の声をダイレクトに伝えるものである。そのとき、それが地の文なのか、内的な独白なのか、主観と客観の境界がゆらぎ、語り手と登場人物が一体化したかのような、独特の臨場感が生まれる。

フローベールが、そのような「自由間接話法」の大成者となったのは、彼が徹底して没我的で、登場人物に同化するような書き方をつきつめた結果でもあるだろう。「写実主義の祖」とも称されるフローベールは、対象を客観的に見つめる冷静さを持ち合わせていたが、逆説的なことに、それによって対象を突き放すのではなく、むしろその冷静さをたずさえたまま、対象へと入り込んでいくような、自在で無私なところ――「まことのいとおしみだけが授ける想像力」――を持っていた。

また、そのような想像力に支えられた一冊の本として『三つの物語』を通読するならば、時間も空間もばらばらなこれら三つのストーリーが、無数の細部を通じて、かすかに呼び合っているように感じられることが、再読、再々読の愉しみを深くしてくれることについても最後に述べておきたい。

以下はほんの一例になるが、大聖堂の身廊をおずおずと進んでゆくフェリシテの後ろ姿に、ミサに列席する幼いジュリアンの生真面目な顔が重なり、さらに公会堂の身廊で祈りを捧げるファニュエルの横顔が重なる。あるいは、ぼろぼろになった鸚鵡の剝製に頰ずりをするフェリシテの姿は、癩の男を抱きしめる老いたジュリアンの姿にオーヴァーラップする。あるいは「斬られた首」のテーマ。これは、皿の上に載せられたヨカナーンの首だけではなく、「素朴なひと」でもフェリシテが介護をするコルミシュ爺さんが「残虐なこと」をしたという「一七九三年」という年として登場している（フランス革命後の恐怖政治の頃であり、断頭台がとりわけ多くの人々の血を吸った年にあたる）。そして「聖ジュリアン伝」でも、ジュリアンが敵のカリフの首を刎ね、城壁の向こうに「毬《まり》のように」放り投げるという一行がある。

あるいはまた、白鳩＝聖霊というテーマ。フェリシテが仰ぎ見た教会のステンドグラスには、外光を透かしながら輝く白鳩がいたが、幼いジュリアンのベッドにも、白鳩の吊りランプが灯っていた（それはやがて、大鹿の呪いののちに不眠の夜をすごす青年ジュリアンの頭上でもあやしくゆれることになる）。そして、ヨカナーンの穴をとりまく人々の頭上には、やはり白鳩がとびかっている。ただし、それらは、まだキリスト教が興る以前の、「聖霊」という象徴作用を負わされることのない、自然のなかに生きる鳩たちである。

あるいはまた、三作品それぞれの官能の場面。「素朴なひと」では、ヴィルジニーが聖体拝領を受ける瞬間に恍惚となるフェリシテがいる。「聖ジュリアン伝」では、やわらかに痙攣する鳩を指で絞め殺しながら、気が遠のいてゆくジュリアンがいる。それ「ヘロディアス」では、サロメの妖艶な踊りに陶然となるアンティパスがいる。それぞれに身体的な没我の瞬間がある。

そしてまた、いくつかの忘れがたい目の光。フェリシテの屋根裏部屋に射す光が鸚鵡のルルの目に反射し、夜闇にゆれるジュリアンの舟の中では癩の男の目が赤く光る。そしてヨカナーンの蓬髪の奥からは、赤く燃える石炭のような目がのぞいている。時代が変わろうと、土地が変わろうと、そこにはつねに光があり、光のきらめきがある。オーバン家が夏を過ごしたトゥルヴィルの鎧戸には、くっきりとした陽の光が洩れ、ジュリアンが罪をおかした殺害の部屋は、朝陽によって赤々と染められていた。皺のきざまれたアンティパスの額には、天幕に濾《こ》された陽の光が注いでいた。

そうした細部の響きあいを発見することは、読者ひとりひとりの愉しみであるので、訳者はもう筆をおくことにする。確かなことは、時代によって隔てられているはずのこれらの物語が、無数の細部によって響きあい、さらにはそうした「細部」にとどまらず、物語の構造や、展開のレベルにおいても、呼応や対比や一貫性が見出せるということである。だが、どのような部分にはっとさせられ、どのような部分にうっとりするのかは、読者によってそれぞれに異なっている。そしてそのとき、とりわけ貴重であるように思われるのは、それらの響きあいが必ずしもさだかではないという点——ばらばらに書きだされ、途中からひとつの本にまとめられた『三つの物語』のことであるだけにいっそう——それらが必ずしも絶対的な（あるいは「意図された」）ものとはかぎらず、したがって誰かに対して証《あか》しだてされるべきであるようなものでもなく、ただ、読むという行為、繰り返し読み返すという行為のなかで、ある時ふいに、ああもしかするというようにして、私たちの意識のなかで、光のように立ち現れては、またいつしか遠ざかってゆく、おそらくはそれゆえに我々の心を惹きつけてやまないものだということである。

ギュスターヴ・フローベール年譜

一八二一年
一二月一二日、ノルマンディー地方のルーアンに、市立病院の外科部長の次男として生まれる。母の郷里であるポン＝レヴェックは、「素朴なひと」の舞台となった。一八一三年生まれの兄アシルは八歳年上。

一八二四年　三歳
妹カロリーヌの誕生。

一八二五年　四歳
「素朴なひと」のフェリシテのモデルのひとりとなる召使いジュリー（一八〇八―一八八三年）がフローベール家にやってくる。ジュリーは以後、半世紀以上にわたってフローベール家に仕える。

一八三二年　一一歳
ルーアン王立コレージュ第八学級に入学。

一八三四年　一三歳
秋、生涯の友となるルイ・ブイエ（一八二一―六九年）との出会い。ブイエはのちに詩人となる。

一八三五年　一四歳

この頃、コレージュのデッサン教師ユスターシュ＝イアサント・ラングロワ（一七七七—一八三七年）を通じて、中世の聖者伝やステンドグラス美術に関心を持つようになる。

一八三六年　一五歳
トゥルヴィルでの休暇の際に『感情教育』のアルヌー夫妻のモデルとされるシュレザンジェ夫妻に出会い、夫人のエリザ（一八一〇—一八八八年）に恋をする。秋、フローベールの思想に大きな影響を与えた五歳年上のアルフレッド・ル・ポワトヴァン（一八一六—一八四八年）との交流が始まる。アルフレッドの妹ロールは、その後、ギ・ド・モーパッサン（一八五〇—一八九三年）の母となる人物。一五歳から一八歳にかけて、多くの初期作品や習作を執筆。

一八三九年　一八歳
一二月、教師に対する抗議行動のリーダーとなり、ルーアン王立コレージュを放校処分となる。

一八四〇年　一九歳
八月、大学入学資格試験（バカロレア）に合格。

一八四一年　二〇歳
一一月、パリ大学法学部に登録する。学業のかたわら、執筆をつづける。

一八四二年　二一歳
抽選によって兵役をまぬがれる。一〇月、自伝的な小説『十一月』を完成。一二月、法学部一年次の試験に合格。

法学に熱心にはなれず、パリで交友関係を広げる。

一八四三年　二二歳

敬愛するヴィクトル・ユゴー（一八〇二―一八五年）に会う。シュレザンジェ夫妻との交際を続け、『初稿　感情教育』に着手。作家志望のマクシム・デュ・カン（一八二二―九四年）との友情が始まる。八月、法学部二年次の進級試験に落第。

一八四四年　二三歳

一月、ポン＝レヴェック付近を馬車で走行中、突然の発作により昏倒。神経症や癲癇など諸説あるが、その後もこの原因不明の症状にみまわれ、学業の断念を余儀なくされる。六月、父親が入手したクロワッセ（ルーアン近郊）の屋敷に暮らしはじめ、文学活動に専念する。パリにもしばしば訪れ、友人・知人と会っていた。

一八四五年　二四歳

『初稿　感情教育』の完成。妹カロリーヌの新婚旅行に同伴した際に、ジェノヴァでブリューゲルの絵画『聖アントニウスの誘惑』に感銘を受け、『聖アントワーヌの誘惑』の着想源のひとつとなる。

一八四六年　二五歳

一月、父の死。三月、産褥熱による妹カロリーヌの死。生まれたばかりの姪カロリーヌ（母と同名）を引き取り、母親と共に暮らすことを決意（「素朴なひと」の鸚鵡の名「ルル」は姪カロリーヌの愛称)。詩人ルイーズ・コレ(一八一〇―七六年)との恋愛関係が始まる。一八五五年まで交わされたルイーズ・コレとの往復書簡は、フローベールの文学観や執筆当時の心境などについて多くを伝えるものである。

一八四七年　二六歳

五月―八月、デュ・カンと共にブルターニュおよびノルマンディー地方をめぐる旅行に出発。この体験についてデュ・カンと共作の旅行記『野を越え、浜を越え』を執筆するが、未完のままとなる(刊行は一八八五年)。

一八四八年　二七歳

二月革命勃発。ブイエ、デュ・カンと共にパリで動乱に立ち会う。親友のアルフレッド・ル・ポワトヴァンの死。『聖アントワーヌの誘惑』執筆開始。

一八四九年　二八歳

恋人ルイーズ・コレとの別れ。九月、『聖アントワーヌの誘惑』の初稿を書きあげるが、デュ・カン、ブイエの前で四日間かけて朗読したところ、辛辣な批評を受ける。一〇月、デュ・カンと共に、エジプト、ベイルート、パレスティナ、シリア、レバノン、トルコ、ギリシア、イタリアをまわる一八か月に及ぶオリエント旅行に出発。『サランボー』ほか、多数の作品のイメージ源となる。『三つの物語』に関しては、エジプトで一夜を共にした娼婦クシウク・ハーネムおよび、同じくエジプトで出会った娼婦アジザーの舞踏が「ヘロディアス」のサロメの踊りに影響を与えたと言われている。

一八五一年　三〇歳

六月に帰国。ルイーズ・コレとの関係が再開。『ボヴァリー夫人』執筆開始。社交から離れた生活に入り、文学活動に没頭する。一二月、ナポレオンの甥、ルイ＝ナポレオンによるクーデター。

一八五二年　三一歳

一二月、ルイ＝ナポレオンが皇帝に即位（ナポレオン三世）。第二帝政が始まる。

一八五五年　三四歳

三月、ルイーズ・コレ宛の最後の書簡。決定的な破局。

一八五六年　三五歳

四月、『ボヴァリー夫人』の完成。「パリ評論」に連載。作中、主人公のエンマが雇う若い女中の名は「素朴なひと」と同名の「フェリシテ」。その際に解雇される年老いた女中「ナスタジー」は、「素朴なひと」ではフェリシテの姉の名。また『ボヴァリー夫人』後半でフェリシテが駆け落ちをする相手「テオドール」は、「素朴なひと」ではフェリシテの初恋相手の名となっている。『聖アントワーヌの誘惑』を書きなおし、断章を「アルティスト」誌に掲載。「聖ジュリアン伝」の構想がかたまり始める。クロワッセの屋敷のほか、パリのアパルトマンにも居住するようになる。

一八五七年　三六歳
『ボヴァリー夫人』が公序良俗および宗教を侮蔑するものとして裁判にかけられる。無罪判決ののち、単行本としてミシェル・レヴィ書店から刊行され、スキャンダルも手伝って大変な売れ行きとなる。秋、『サランボー』執筆開始。

一八五八年　三七歳
『サランボー』の舞台である古代カルタゴの調査のためにチュニジアに旅行。

一八六二年　四一歳
ミシェル・レヴィ書店から『サランボー』刊行。

一八六三年　四二歳
ジョルジュ・サンド、トゥルゲーネフ、ゴンクール兄弟、テオフィル・ゴーチエなど、文学者たちとの交友関係を深める。ナポレオン公、その姉マチルド・ボナパルトとの交際など、社交界にも出入りする。一〇月、ブイエらとの共作による夢幻劇『心の城』執筆。

一八六四年　四三歳
九月、『感情教育』の執筆開始。

一八六六年　四五歳
レジオン・ドヌール勲章「シュヴァリエ」を受ける。

一八六九年　四八歳
ミシェル・レヴィ書店から『感情教育』刊行。新聞雑誌、一般読者、共に不評をもって迎えられる。親友ルイ・ブイエの死。

一八七〇年　四九歳

普仏戦争が勃発し、継続的に仕事ができなくなる。再び着手した『聖アントワーヌの誘惑』の執筆を断念。一二月、プロイセン軍がクロワッセを占拠。フローベールは母親と共にルーアンに避難。

一八七一年　五〇歳

一月、プロイセン軍パリに入城、フランスの敗北。四月、再びクロワッセで『聖アントワーヌの誘惑』の執筆。

一八七二年　五一歳

母の死。六月、「我が全生涯の作品」である『聖アントワーヌの誘惑』の第三稿（最終稿）を脱稿するが、ミシェル・レヴィ書店に拒否される。『ブヴァールとペキュシェ』の着想が生まれ、膨大な資料調査に取りかかる。一〇月、ゴーチエの死。

一八七三年　五二歳

喜劇『立候補者』の執筆。モーパッサンとの交流が始まる。

一八七四年　五三歳

『立候補者』が上演されるが、完全な不発に終わる。四月、シャルパンティエ書店より『聖アントワーヌの誘惑』刊行（この書はアルフレッド・ル・ポワトヴァンに捧げられている）。七月、健康を損ない、スイスで療養。『ブヴァールとペキュシェ』の執筆を開始。

一八七五年　五四歳
姪カロリーヌの夫コマンヴィルが破産し、救済のためフローベールが不動産を売却する。以後、経済的・物質的に苦しい生活が続く。『ブヴァールとペキュシェ』の執筆を断念。九月、療養先のコンカルノーで「聖ジュリアン伝」の執筆開始。五か月で仕上げる。

一八七六年　五五歳
二月、「素朴なひと」執筆開始、八月に完成。舞台となったオンフルールやポン＝レヴェックへの調査旅行。三月、ルイーズ・コレの死。六月、ジョルジュ・サンドの死。「素朴なひと」はジョルジュ・サンドのために書かれていたが、完成はその死に間に合わなかった。八月、「ヘロディアス」の準備作業に着手、一一月に執筆開始。

一八七七年　五六歳
二月、「ヘロディアス」完成。「素朴なひと」「聖ジュリアン伝」「ヘロディアス」の三篇を一冊にするという意図のもと、それぞれの雑誌発表を経たうえで、四月、『三つの物語』としてシャルパンティエ書店から刊行。読者にも批評家にも好評をもって迎えられる。六月、『ブヴァールとペキュシェ』の執筆再開。

一八七九年　五八歳
健康状態が悪化。財政状況の悪化を案じた友人たちが、マザラン図書館の司書に就かせるために尽力し、特別司書に任命される。
一八八〇年
五月八日、クロワッセで原稿執筆中に、脳溢血によって死亡。享年五八。葬儀にはゾラ、エドモン・ド・ゴンクール、モーパッサン、ドーデ、ユイスマンスらが列席。年末、未完に終わった『ブヴァールとペキュシェ』の雑誌掲載が開始。
一八八一年
三月、ルメール書店から『ブヴァールとペキュシェ』刊行。
一八八四年
シャルパンティエ書店より、最初の書簡集が刊行される。
一九〇六年
クロワッセにフローベールの記念館ができる。
一九〇九年
コナール版全集の刊行が開始される。

訳者あとがき

フローベールの『三つの物語』は、フランスの本屋さんであれば、かなり小さなお店であっても、一冊はポケット版が置かれているような、大変ポピュラーな作品です。中学校や高校の教科書で扱われることも多く、人生のどこかで『三つの物語』のどれかひとつには触れたことがある、というひとに出会うことは珍しくありません。

訳者自身が『三つの物語』に出会ったのは、大学院の仏文学科に進んだ頃、『ボヴァリー夫人』をフランス語で読みとおすのは大変そうだと思い、「薄いから」という理由で、「素朴なひと」のみが収録されている廉価版を手に取ったことがきっかけでした。当時の自分の語学力では、「素朴なひと」を読み終えるだけでも汗をかく始末で、その時は「聖ジュリアン伝」と「ヘロディアス」は未読のままになったほどでした。しかし、召使いフェリシテの人物像は、ドストエフスキーの『白痴』に出てくるムイシキン公爵のように、決して自分の人生の記憶から消し去ることのできないものとなり、その後、大学生にフランス語を教えるようになってから、もういちど『三つの物語』をフランス語で読んでみて、あらためてこの物語に魅了されたのでした。

そして、本を読みなれない学生たちに、いきなり『ボヴァリー夫人』を勧めるかわりに、まず『三つの物語』を読んでみるといいですよ、と勧めようとしたとき、日本には手に入りやすい翻訳がほとんどないことに気がつきました。現在でも比較的入手しやすい岩波文庫版の山田九朗訳は、一九四〇年（昭和十五年）の旧仮名遣いのもので、日本での最初の翻訳者中村星湖による改訳版（冨山房百科文庫、昭和十四年）や角川文庫の村上菊一郎訳（昭和二十六年）、新潮文庫の鈴木信太郎・辰野隆・吉江喬松訳（昭和二十八年）なども古本を探すほかない状態で、より現代的で平明な一九九一年の太田浩一訳による福武文庫版は絶版していたのでした。そのほか、ハードカバーの全集版に収められた蓮實重彥訳（『豪華版　世界文学全集11　フロオベエル』講談社、一九七六年）や「ヘロディアス」のみを個別に訳して詳細な解説と注をつけた工藤庸子訳（『サロメ誕生　フローベール／ワイルド』、新書館）等はあったものの、『三つの物語』の手に取りやすい文庫本があれば、という思いは消えず、光文社古典新訳文庫のお話をいただいたときに、思い切ってこの作品を提案させていただきました。以下に、翻訳にあたっての苦労話のようなものを少し書かせていただきます。

仕事にとりかかった二〇一四年がフランスでの長期研修期間にあたっていたため、既訳を参照することができたのは、ひととおり訳し終わって、帰国してからになりました。どの翻訳、どの解説からも、本当に多くのことを学ばせていただきました。とりわけ参考になったのは、平岡篤頼訳の「ジュリアン聖人伝」(『キリスト教文学の世界2』、主婦の友社、一九七七年)でした。また、「ヘロディアス」の解説を書くにあたっては、別の作品についての研究書でありながら、朝比奈弘治『フローベール「サラムボー」を読む』(水声社、一九九七年)に様々な示唆を与えられました。

翻訳をしてみてわかったのは、フローベールはしばしば、もっとも決定的な語を避けることによって書くひとなのだ、ということです。たとえば「素朴なひと」の第三章の冒頭では、舞台を説明するために一番手っ取り早い「教会」や「大聖堂」という語は使われず、「跪拝《きはい》」や「身廊」という語によってのみ、ああ、フェリシテはいま教会にいるんだな、ということを察知させます。ただ、これを翻訳するとなると、現代日本の読み手のなかには必ずしも同じ文化的な了解がないので、同じ手法が同じ効果をあげない可能性が高くなります。安易かつ明快な一語を注意深く避け、その周辺の語のネットワークによって、名指されない現実をいっそう鮮烈に呼び起こすというフローベールの手法は、日本語にしたとたん、単なる「唐突さ」や「わかりにくさ」となり、不発に終わるということがしばしばでした。その時、読者のために「わかりやすさ」を優先して「教会」という語を補うのか、ぎりぎりまで禁欲して補わぬままにしておくのか、あるいは注にたよることによってあっさりと解決してしまうのか、そのような問題は、翻訳者にとって一文ごとの悩みどころであり、一足ごとの賭けにも似たものでした。

たとえばフェリシテの寝室が「屋根裏部屋」であったことは、まず間違いないとしても、フローベールはこの一語を採らずに、ただ「三階ではフェリシテの部屋に」という言いかたをします。それが「屋根裏部屋」であることは、lucarne という「屋根窓」を意味する単語によって暗示されます（この語には「天窓」という意味もありますが「牧場に面している」とある以上、空を見上げられる「天窓」のほうではなく、身をのりだすこともできる「屋根窓」のほうでしょう）。ただ、「屋根窓」の一語でそれが可能なのは「使用人の部屋はたいてい屋根裏にあるもの」という文化的な前提がフランスの読者に共有されているからこそです。ですから、必ずしもそのような前提を共有しない現代日本の読者であれば、「三階にあるフェリシテの部屋」といわれても、三階にあるごく一般的な居室を思い描いてしまうかもしれません。そこでその箇所をよく読んでみると、フローベールは「三階」といっても、さらに上の階がある場合に使うdeuxièmeではなく、三階どまりの場合に使うsecondという表現を使っていることに気がつきます。つまり、この部屋が屋敷の「最上階」にあることは間違いない。では、フェリシテの部屋が「最上階」にあり、そこに「屋根窓」があるといえば、日本の読者でもなんとなく「屋根裏部屋」のような場所を想起してくれるだろうか、と考えてみますが、どうもこころもとない。そこで、さんざん逡巡したあげくに、「屋根裏」という語を出すことに決めてしまい、そのかわりに「屋根窓」をひっこめて「小窓」にすることで調整を試みたりといった、すべてがそんな調子でした。

使用人であるフェリシテの部屋が、隅のほうに行くにつれ天井が低くなり、腰をかがめずには窓際に立つことのできないような「屋根裏部屋」であるということは――ひとつの小説におけるすべての細部がそうであるように――単に装飾的な舞台設定ではなく、物語全体にかかわってくる本質的な問題です。そのことがはっきりとイメージできていてこそ、そのわびしい屋根裏部屋について、フローベールが「光」と「牧場」の話しかしていない、という描写が際立ってくるからです。というのも、「屋根裏にあるフェリシテの部屋には、光を採る小窓があり、そこから牧場を見渡すことができた」というこの一見さりげない一文は、主人公フェリシテの善良さと素朴さを、早々に、そして決定的に予告するものでもあるからです。この一文の直前まで、長々と続けられるオーバン家の広間や書斎の描写は、我々にとっては（また現代のフランス語話者にとっても）、必ずしもイメージのしやすいものではありません。しかし、とにかく、それが書物、絵画、楽器、家具などがぎっしりと詰めこまれ、「物」にあふれた空間であることはわかります。言い換えれば、そこには過剰なまでの「文化」があり、家族の「歴史」や「過去」を思わせる「所有」の世界が広がっているのです。ところが、身寄りのない、素朴な召使いフェリシテの部屋については、その部屋になにがあったかということがこの時点では一切書かれず、ただ、窓から射しこんでくる「光」と「牧場」のことのみが言及されます。段落の締めくくりに置かれたこの短く清々しい一文は、フェリシテという登場人物の存在のありかたを、象徴的に凝縮したものだと言えるでしょう。

フローベールという作家は、書いているというよりは、書きなおしている、消している、といったほうがいいくらいに書きなおしをする作家です。それだけに、フローベールのフランス語は、非常に引き締まっていて、格好いいのです。しかし、時にはその「推敲神話」がフローベールの文体を無条件に完璧なものとみなす傾向を生んでいるような気もします。『三つの物語』の場合、もともと言葉を削りに削るフローベールが、短編であるがゆえにさらに削りにかかっているために、率直に言って、なんだかよくわからなくなっている箇所も存在します。わかりやすい例でいうと「ヘロディアス」には、逆立ちで歩くサロメの描写がありますが、「うなじと背骨が直角をなしていた」（直訳）とか「色あざやかな袴は、肩の上に虹のように落ちかかり」とかいわれても、サロメの首やら肩やらがいったいどういう状態になっているのかを理解することはとても困難です。というのも、これは、ルーアン大聖堂の浮彫そのままに、逆立ちで歩くサロメを「真横から」描写したものであるからです。逆立ちをして腕をかるく曲げ、前方に折れた膝の先で爪先が舞っている。その状態で、顎を思い切り前に突き出すと、なるほど、うなじの線と背中の線が「直角」をなすことになります（それが「直角」であるということに、なぜフローベールがそこまでぐっときたのかは謎ですが）。

しかし、このような例であれば、着想源となった浮彫を見た瞬間に、フローベールはそういうことを言いたかったのかと合点がいくわけですが、オーバン家の書斎の家具の配置や、ジュリアンが踏みしめている岩場の状態などは、そのような「証拠」が存在しないので、一生懸命想像はするものの、確信がもてないこともあります。あるいはもっと単純に、「それ」とか「彼」などの指示語がなにを指しているのかというレベルで、フローベールはわざと複数の可能性を残しているような時がります。あまりにも迷ったときは、何人かのフランス語のネイティヴに一体この文章からどういうイメージがみえるかを聞いてみたりもしましたが、それぞれに言うことがばらばらで、出ているかぎりの翻訳にあたってみますが、これもまた見事にばらばらだったりするのです。そこで手稿を確認すると、なんだ！　そういうことだったのか！　と合点がいくこともありますが、いかないこともありました。たいていの場合、稿を追う

にしたがって、初めにあったわかりやすい表現は姿を消してゆき、フローベールさん、それ以上はもう無理です、そんなんじゃもう誰にもわからなくなりますよ、という段階に入ったあたりで、本人にとっては「完璧」となるらしく、その文章が「決定稿」となっているのです。いうまでもなく、それを翻訳したものは、さらにかぎりなく謎めいてしまうのですが、といって、推敲の段階で削られたものを「補って」訳すわけにもゆきません。「わかる」翻訳へのかぎりない情熱を燃やす光文社翻訳編集部のみなさんが「わかりません」と赤を入れてくださっても、「そうなんです」と泣くしかないような箇所が多々ありました。

そんなフローベールに苦しめられている最中、目を悪くして、長時間のパソコン作業ができなくなったということがありました。そこで、耳で朗読を聴きながらノートに下訳をつくるという方式にかえたところ、これが非常にたすけになりました（一九五六年のブリュー・クレメールによる「聖ジュリアン伝」の録音と、ソフィ・ショヴォによる『三つの物語』の朗読）。自分ではつかみきれていなかった皮肉や驚きのニュアンス、句読点に対応するとは限らない「間」、ある一文の「快」や「驚き」などがはっきりと感じられ、会話文ではとくにたすけられました。いうまでもなく、朗読もまたひとつの「解釈」、ひとつの「演出」にほかならないのですが、それは翻訳も同じです。

次にくる文章、次にあらわれるイメージを息をのむようにして待ちながら、朗読者の声に耳を澄ましているときに、とりわけ感じたのは、フローベールは、たしかに言葉を惜しむ作家ではあるけれど、削ぎ落とした簡潔さだけがその魅力なのではなく、簡潔であるにもかかわらず、限りなく喚起的であることこそが、その最大の魅力なのだということでした。なんという効率のよさ。なんという経済性。フローベールは、読者が言葉からイメージを出力しそこねるリスクを負ってまでも、可能な限り言葉を削り、凝縮することにすべてを賭ける。そのために各単語の凝縮率が異様なほどに高くなり、読者はそれを自分の頭で「解凍」しながら読んでいかねばなりません。それは、必ずしも「らく」な作業ではないですが、そのようにして文章が「解凍」され、イメージが溶けひろがる瞬間が、なんともいえぬ快感でもあるのです。

先述したように、それを日本語に置きなおしてみると、簡潔さのほうのみが残り、喚起力のほうが消えてしまうという事態に幾度も陥りました。もとのフランス語に対応しそうな日本語の単語に、同じだけの喚起力があるとは限らないのです。単にそっけないだけの文章ができあがり、わずかな言葉から、ふわりと広がるべきものが、どうにもよく広がってくれない。どうしてこれが「名文」なんだか、おそらくさっぱり伝わらない。といって、言葉を「解凍」したあとのイメージをかみ砕いて訳してしまうと、今度は簡潔さのほうが損なわれます。さらに、「解凍」のしかたはひとそれぞれである以上、翻訳の段階で言葉を補えば、イメージを限定しすぎる恐れがあります。

それでも、今回の翻訳に関しては、思い切って「ふわり」のほうをとることが多かったです。つまり、解凍されて広がるイメージを届けることを優先し、簡潔さについては時に断念する、という選択です。どうにかして、あの、花が咲きこぼれるような、清泉が噴きあがるような、フローベールの「効果」を訳したい。フローベールの簡潔さのもつ「きりり」を捨てないまま、どうにかして、この「ふわり」を再現したい。その作業にどのくらい成功できたのかは、はなはだ心もとなく、読者諸氏のご判断・ご批判を仰ぐばかりです。

*

本書を仕上げるにあたっては、多くのかたからの助力と励ましをいただきました。

まず、フリーランスの編集者として、光文社古典新訳文庫のお仕事をなさっている今野哲夫さん。ものすごくたどたどしかった初稿の訳文に手を入れてくださり、解説を書く際には多くの励ましをいただきました。それから、今野さんをご紹介くださり、今回の翻訳のきっかけをつくってくださった、同じ古典新訳文庫のサン゠テグジュペリ『人間の大地』の翻訳者でもある渋谷豊さん。そして同じく古典新訳文庫の『オリヴィエ・ベカイユの死／呪われた家　ゾラ傑作短篇集』の巻を翻訳なさった國分俊宏さんには、翻訳の方向性についての決定的なアドバイスをいただきました。また、フランス滞在中に、度重なる質問に辛抱強く答えてくれたジャクリーヌとジェラール・グロワザール夫妻。そして、校了も間際になってから、快く年譜のチェックと作成にご協力くださったフローベール研究者の中島太郎さん。中島太郎さんには、本書の校閲中に上梓された『純な心』（大学書林、二〇一八年）の新訳と注によっても、大いにたすけていただきました。

また、光文社翻訳編集部の駒井稔前編集長、担当編集者の小都一郎さん、校閲部の皆さまには、どのように申し上げたらよいのかわからないほど、最後の最後までお世話になりました。思い違いや抜けの多かった私の原稿が、それでも今のような形をとることができたのは、ひとえに皆さまの入念な校閲と数々の得がたい示唆のおかげです。本当にどうもありがとうございました。

最後に、本書の執筆はすべて、前任校の獨協大学に在籍していた期間に行われたものです。とりわけ、二〇一四年から二〇一五年にいただいた長期研究休暇の際には、翻訳と解説を大幅に進め、フローベールの故郷ルーアンにも滞在できました。そのような機会を与えてくださった同僚と、スタッフの皆さまに感謝申し上げます。

二〇一八年八月

谷口亜沙子

本文中に「黒ん坊」「ジプシー」「孤児」「私生児」という今日の観点からすると不快・不適切とされる呼称・用語が用いられています。これらは本書が成立した一八七七年当時のフランスの社会状況と未成熟な人権意識に基づくものですが、作品の文学的価値を考慮したうえで、原文に忠実に翻訳しています。

また、「癩病」患者が登場し、それについての描写があります。本書が成立した当時、この病気は伝染性の強い病とみなされ、患者は社会から排斥されたり隔離されたりするなど、差別的な生活を強いられていました。また第二次世界大戦後に特効薬が普及し完全回復が可能になったのちも、日本では一九九六年に「らい予防法」が廃止されるまで、同様の政策が残っていたのはご承知のとおりです。現在ではハンセン病と表記しますが、作品の時代背景および文学的な意味を尊重して、当時の呼称を使用しました。

差別の助長を意図するものではないということをご理解ください。

（編集部）

光文社古典新訳文庫

三《みっ》つの物語《ものがたり》

著者　フローベール
訳者　谷口亜沙子《たにぐちあさこ》

2018年10月20日　初版第1刷発行
2025年2月15日　第3刷発行

発行者　三宅貴久
印刷　大日本印刷
製本　大日本印刷

発行所　株式会社光文社
〒112-8011東京都文京区音羽1-16-6
電話　03（5395）8162（編集部）
03（5395）8116（書籍販売部）
03（5395）8125（制作部）
www.kobunsha.com

ISBN978-4-334-75385-6 Printed in Japan

組版　新藤慶昌堂

いま、息をしている言葉で、もういちど古典を

長い年月をかけて世界中で読み継がれてきたのが古典です。奥の深い味わいある作品ばかりがそろっており、この「古典の森」に分け入ることは人生のもっとも大きな喜びであることに異論のある人はいないはずです。しかしながら、こんなに豊饒で魅力に満ちた古典を、なぜわたしたちはこれほどまで疎んじてきたのでしょうか。

ひとつには古臭い教養主義からの逃走だったのかもしれません。真面目に文学や思想を論じることは、ある種の権威化であるという思いから、その呪縛から逃れるために、教養そのものを否定しすぎてしまったのではないでしょうか。

いま、時代は大きな転換期を迎えています。まれに見るスピードで歴史が動いていくのを多くの人々が実感していると思います。

こんな時わたしたちを支え、導いてくれるものが古典なのです。「いま、息をしている言葉で」——光文社の古典新訳文庫は、さまよえる現代人の心の奥底まで届くような言葉で、古典を現代に蘇らせることを意図して創刊されました。気取らず、自由に、心の赴くままに、気軽に手に取って楽しめる古典作品を、新訳という光のもとに読者に届けていくこと。それがこの文庫の使命だとわたしたちは考えています。

このシリーズについてのご意見、ご感想、ご要望をハガキ、手紙、メール等で翻訳編集部までお寄せください。今後の企画の参考にさせていただきます。
メール　info@kotensinyaku.jp